学术不是其他

黄克剑序跋集

黄克剑／著

GUANGXI NORMAL UNIVERSITY PRESS
广西师范大学出版社

·桂林·

图书在版编目（CIP）数据

学术不是其他：黄克剑序跋集 / 黄克剑著． —桂林：广西师范大学出版社，2020.9

ISBN 978-7-5598-3102-6

Ⅰ．①学… Ⅱ．①黄… Ⅲ．①序跋－作品集－中国－当代 Ⅳ．①I267

中国版本图书馆 CIP 数据核字（2020）第 149030 号

广西师范大学出版社出版发行

（广西桂林市五里店路 9 号　邮政编码：541004）

网址：http://www.bbtpress.com

出版人：黄轩庄

全国新华书店经销

山东韵杰文化科技有限公司印刷

（山东省淄博市桓台县桓台大道西首　邮政编码：256401）

开本：889 mm × 1 194 mm　1/32

印张：7.5　　字数：120 千字

2020 年 9 月第 1 版　　2020 年 9 月第 1 次印刷

定价：48.00 元

如发现印装质量问题，影响阅读，请与出版社发行部门联系调换。

序

　　这由若干序跋结集的小书，原是无须出版或至少不必在此时出版的。它的率尔付梓，是因为我想借机对其中的文字做一次并非无关紧要的版本订正。既已掇拾成书，遂又有几句想说的话告白于下。

　　结集的序跋略分两类，一类是我的著述的自序或后记，一类是我为学界同人的著述所写的序或跋。后者多是对作者研究所得的简要评点，而在这评点中亦常有对其书所论对象——如爱伦·坡与侦探小说、雅斯贝斯之生存美学、谢林之艺术哲学等——之我见的随机吐露；前者除开对撰述命意、措思线索有所申致外，对研讨之缘起、初衷及思路拓辟中的诸种感触也多有发抒。序跋的结撰自是对所序所跋之论著不无倚借，但别有体式的序跋并不拘迫于其所倚借的论著：其可为论著点睛，可为论著补遗，亦可跳出论著而从一个相应的高度对其投出富于启示的一瞥。序跋作者的笔触似乎可从这里获取敷衍思致的更大机缘，然而，撇开文体的可能局限不论，序跋文字的品调也会受制于作者为人、运思之境界。

这里，有必要指出的是，结集于此的二十九篇序跋所关涉的文籍有专著，亦有文集、诗集，而专著、文集的内容或深或浅地及于哲学、文论而至于古今中西。乍看起来，各篇之间并不相干，仔细推绎却不难发现，其无不或隐或显地表达了对"治学的底蕴原在于境界"（《两难中的抉择》后记）的自觉，而这自觉则使看似各有所倚的诸多序跋有了一个共通的隐在的旨趣，那便是对"何为学术而学术何为"的诠释。由诸序跋辑集而成的小书所以题名为《学术不是其他》，缘故便在于此。

"学术不是其他"，是对"何为学术而学术何为"这一问题的遮诠，倘换作表诠，其约略可谓为"学术乃是学术"。"学术乃是学术"煞似一种同义反复，不过这形式逻辑意义上的同义反复乃是对形式逻辑在深层运思上的不堪的讽示。真正说来，对"何为学术而学术何为"问题的回答是一个无底止的过程，这过程在"学术乃是学术"与"学术不是其他"的相互启诱、相互印证中延伸。"学术不是其他"的那个"不是"的"其他"可以有无穷多个，这无穷的"不是"却总是为着显现"学术乃是学术"的那个"乃是"的。从这个意义上说，任何一次关于学术乃是什么的"乃是"式表诠都有其不足之处，所以，竟至可以说，此处"不是"与"乃是"的张力便意味着一种从容的探讨，一种在治学中对"学之为学"的无尽的体悟。正因为如此，这汇集序跋而成的小书也把题为《学术不是其他》的一次会议发言辑为它的附录，并就此在附录中也收进了同类或相近的其他几篇会议致辞。

也许序跋的体式本身即已决定了这类文字不可能拓造出更大的致思格局，但其字里行间亦会留下作者如此或如彼的心迹。刘勰在其《文心雕龙》的自序《序志》的煞尾处写下了一句意趣隽永的话，我愿引之于此用以自勉、自慰而自警："文果载心，余心有寄。"

2019 年 9 月 3 日

于北京回龙观

目　录

上　编

《两难中的抉择》后记 / 003

《挣扎中的儒学——论海峡彼岸的新儒学思想》自序 / 005

柏拉图《政治家》译文初版自序 / 013

柏拉图《政治家》译文再版自序 / 037

《人韵——一种对马克思的读解》自序 / 044

《黄克剑自选集》自序 / 050

《心蕴——一种对西方哲学的读解》自序 / 053

《百年新儒林——当代新儒学八大家论略》自序 / 058

《美：眺望虚灵之真际——一种对德国古典美学的读解》自序 / 060

《由“命”而“道”——先秦诸子十讲》初版自序 / 063

《由“命”而“道”——先秦诸子十讲》再版自序 / 067

《论语疏解》自序 / 080

《名家琦辞疏解——惠施公孙龙研究》自序 / 083

《名家琦辞疏解——惠施公孙龙研究》后记 / 087

《黄克剑论教育·学术·人生》序 / 088

《老子疏解》自序 / 106

"当代新儒学八大家集"丛书编纂旨趣 / 112

《论衡》告白 / 122

《问道》告白 / 124

下　编

任翔《文化危机时代的文学抉择——爱伦·坡与侦探小说
　　探究》序 / 129

孙秀昌《生存·密码·超越——祈向超越之维的雅斯贝斯生存
　　美学》序 / 134

杨俊杰《艺术的危机与神话：谢林艺术哲学探微》序 / 143

丁国旗《马尔库塞美学思想研究》序 / 149

牛军《熊十力文化思想研究》序 / 156

王均江《走在海德格尔的"林中路"上》序 / 160

王永年《生命的张力——人类双重价值追求论略》序 / 166

王永、余文森、张文质主编《指导—自主学习：一项培养能够
　　自主发展的人的教改试验》序 / 169

张文质《引向黑暗之门》跋 / 172

《唇舌的授权——张文质教育随笔》序 / 179

附　录

守住你生命的重心

　　——在 2011 年中国人民大学开学典礼上的致辞 …… 183

求学当有更高远的志趣

　　——在 2012 年中国人民大学国学院迎新会上的致辞… 187

留住你心中的一份诗意

　　——在 2015 年中国人民大学国学院硕士生、博士生

　　毕业典礼上的致辞……………………………… 192

我所理解的国学

　　——在中国人民大学国学院 10 周年庆典上的演讲　200

学术不是其他

　　——在北京文化发展研究院"思想与学术四十年"

　　圆桌会上的发言………………………………… 208

学·思·灵感

　　——在中国人民大学国学院第 13 届"学术活动季"

　　总结会上的发言………………………………… 220

上　编

《两难中的抉择》后记

　　当这本书就要问世的时候，我想到为它说几句话。这书的初见规模大约在 1986 年、1987 年间，此后因着种种缘故在三个出版社滞留。1990 年 11 月初，当它在第三个出版社待足半年后，江西人民出版社的唐建福先生为"东方文化丛书"选择了它。书的原名是《中国人的心灵》，我为它写过一篇序言，刊登在 1988 年 7 月 21 日的《书刊导报》上。

　　积习使我对等待中的文字常会做些修正和增补。从 1987 年夏到 1991 年春，这样的事做过三次，书稿因此由原来的不足 20 万字的篇幅扩展到现在的将近 30 万，而许多先前认定的说法也在一次次的自我诘难中有了不小的变化。然而，当它终于就要以一本书的模样去造访世人时，我突然发现，它对人的内在宇宙（有别于作为人的存在对象的人文宇宙）的寻索还踟蹰在一个进退两可的边缘。或者，作再一次改写是必要的，但这显然已经不可能了。

　　治学的底蕴原在于境界。有人凭借聪明，有人诉诸智慧，我相信我投之于文字的是生命。

1992 年 2 月 3 日

于福州小柳

　　（黄克剑：《两难中的抉择》，江西人民出版社 1992
年 9 月出版）

《挣扎中的儒学
——论海峡彼岸的新儒学思想》自序

大约十年前，海峡此岸的中国人开始从彼岸学者的著述中得到这样一种文化消息：儒学在复兴。不过，被这消息吸引了的人们很快便发现，彼岸的儒学复兴的话题原是从此岸的 20 世纪二三十年代说起的。

尽管"保教派"或"国粹派"的人们早就借着儒学的名义说话了，但儒学——作为一种关联着人生终极眷注的文化意识——为回应西学东渐所做的复兴的努力，却并不能早于梁漱溟在 20 年代初发表的著名演讲《东西文化及其哲学》。问题不在于对孔门之教的信誓旦旦的守护，或对儒家经典在知解意义上的重新诠释，而在于生命存在或心灵境界的真正锲入。梁漱溟起先对四书五经"只是像翻阅报刊那样，在一年暑假中自己阅读的"（梁漱溟：《忆往谈旧录》），但他却独能"生命化了孔子"。梁氏之后，熊十力著《新唯识论》为儒学再度复兴"奠其基，造其模"（牟宗三语），开出了一代新儒学的义理规模；接着，冯友兰从"实际"的"器世界"探向"真际"的"理世界"，以汲取新唯实论方法而融摄宋明理学的《新理学》为挣扎于当代的儒学别立一宗。在《新唯识论》《新理学》问世前后，张君劢在轰动一时的"科玄论战"（1923）中力辩"吾有吾之文化，西洋有西洋之文化"，申达了认同"孔孟以至宋元明之理学家"的"人生观"的祈向。方东美在《哲学三慧》（1937）中把"圆慧"许给中国的同时，以"贯通老墨得中道者厥为孔子"的论断表达了他的新儒家立场。贺麟则在发表于40年代初的著名论文《儒家思想的新开展》中明确提出了"新儒家思想""新儒学运动"的概念，倡导"以西洋之哲学发挥儒家之理学""吸收基督教之精华以充实儒家之礼教""领略西洋之艺术以发扬儒家之诗教"。从20年代初到40年代末，新一代儒学在30年的萌生、发展中已经显现出它的独异格局，这有别于先秦和宋明儒家风范的另一番气象，倘一言以蔽之，即是所谓"返本开新"。"返本"是沿着中国文化传承所涵贯的道统溯向孔门义理的本真，"开新"却意味着从儒学的本始生命中开出"科学"和"民主"等时代的新机相。这是一道在先前儒者和当代自外于孔孟之道的人们看来完全不可思议的难题，在这难题的深刻处，聚摄着选择这难题的当代儒者的生命强度和新形态的儒学的全部特征与局限。

20世纪后半叶，新儒学的主潮从海峡此岸移到彼岸。此岸的梁漱溟——一位佛格中的儒者，只是以在80年代才得以出版的《东方学术概观》《人心与人生》完善了成型于半个世纪前的思想体系。熊十力写于50年代后期和60年代初的

《原儒》《体用论》《明心篇》《乾坤衍》等，则差不多在80年代中期以后才渐次为学人所重视。冯友兰和贺麟在50年代后已不再有"新理学"或"新儒家思想"的文字问世：冯氏的"道术"几经"迁变"，直到晚年才以自选集《冯友兰学术精华录》表明他重新返回到大约50年前的"贞元六书"；而贺麟的观念的转变终致他的学术生涯别趋一途，他辞世前不久出版的《哲学与哲学史论文集》，只是把先前那段与新儒学不无机缘的历史处理为他的全部学术进路的一个被扬弃了的环节。儒学在此岸的遭际是尽人皆知的，它的一线之脉经由方东美、唐君毅、牟宗三、徐复观、张君劢等赓延到了彼岸。

方东美的生命气质显然为"致虚守静"的道家精神所点染，但在自觉的心灵祈向上却毕竟是以孔儒为宗的。他的哲学和文化思想的纲脉提撕于30年代的《哲学三慧》，这纲脉的充实、补正和在一个与之相称的著述系统中的涵泳却是他50年代以后所做的事情。方氏以人格类型喻示哲学的格局，他称道家为典型的"太空人"（崇尚"虚""无"），称儒家为典型的"时际人"（崇尚"时""中"），称佛家"时空兼综而迭遣"（崇尚"不滞""无住"），称宋明儒家为"时空兼综人"（"时空兼综而不遣"）。从这些称谓所寓托的祈向看，他实际上也表达了他的哲学"自证慧"的理想格局。但无论如何，方东美哲学所追求的"时空兼综人"已不再拘守于宋明儒学所规设的范式，它可以理解为由中西文化融会所产生的"超希腊人之弱点""超

欧洲人之缺陷""超中国人之瑕疵"的"合德完人"或
"超人"。

唐君毅、牟宗三、徐复观是熊十力的弟子，代表着海峡
彼岸新儒学思潮的主流。张君劢虽然在 50 年代后长期旅居
美国，但其新儒学思想在此期间的趋于深微却与海峡彼岸的
学界有着千丝万缕的联系。1958 年他与唐君毅、牟宗三、徐
复观联名发表的《中国文化与世界》一文，既是对臻于成熟
的新儒学"返本开新"理境所做的最精要的绍说，也是对这
一思潮中的一个略成一系的主流派别的宣告。这个上承梁漱
溟、熊十力的流派对程朱"理学"不无同情理解，但在义理
的大端处却对陆王"心学"有更亲切的体认，尽管他们中的
徐复观似乎并不认为程朱与陆王有更大的分野；而牟宗三甚
至在程朱、陆王两系之外发现了由程明道上贯周濂溪、张横
渠，直通《论语》《孟子》《中庸》《易传》，下接胡五峰、刘
蕺山的宋明儒学第三系——这一系在他看来真正堪称儒学的
嫡传，他把它同陆王一系合称为正宗儒学的"纵贯系统"，
以区别于程朱由大宗的歧出所开辟的重知解的"横摄系统"。

比起新儒学第一代的典型代表人物梁漱溟、熊十力来，
张君劢、方东美、唐君毅、牟宗三、徐复观等由对西方哲学
的领会所做的中西文化融合的探索要深入得多。方东美先曾
为实验主义和新唯实主义所倡导的"科学精神"所激发，后
在《科学哲学与人生》一书中系统分析批判了古希腊文化
意识和近代西方文化意识，接下去——从 30 年代后期开始，

主要则是 50 年代以后——他所悉心从事的主要是在东西文化比勘背景下对东方文化精神的抉发和阐扬。为了使西方人准确地了解东方，他的主要著作《中国人的人生观》《中国哲学之精神及其发展》等都是用英文撰写的；他为第四届"东西哲学家会议"（1964）所写的论文《中国形上学中之宇宙与个人》，被日本禅学大师铃木大拙推为"冠绝一时，允称独步"的"压卷之作"，而英国学者则称赞说："其英语之造诣如此优美典雅，求之于当世英美学者，亦不多见。"

张君劢的心灵先后被倭伊铿哲学、柏格森哲学、新康德主义、胡塞尔现象学、存在主义所引动，在他消化西学的徘徊瞻顾中最后留下的只是对康德哲学的情有独钟。但"返本"意义上的"理智自主"的自觉，使他始终保持了这样的观念："与其对于西方某派左袒或右袒，反不如以吾国儒家思想为本位。"

唐君毅、牟宗三对西方文化精神的研寻和批判也许下的工夫更大些，他们在终极关切的层次上所做的融会中西文化的努力在新儒学中最具典型意趣。唐君毅把人的可能的生命存在描述为有着内在关联因而层层升进的九种境界，这九种境界的最后三种是所谓基督教的"归向一神境"、佛教的"我法二空境"、儒教的"天德流行境"。从他所论说的"天德流行境"对"归向一神境"和"我法二空境"的涵融、收摄，可略见其以儒教为究极而融合东西文化种种境界——"万物散殊境""依类成化境""功能序运境"（以上为"客观境"），"感觉互摄境""观照凌虚境""道德实践境"（以上为"主观

境") ——的思想或文化意识规模。牟宗三对西学的锲入是
以康德哲学为机枢的，在他看来，"康德以前的哲学向康德
处集中，而康德以后的哲学则由康德开出"。把康德哲学的
两层立法——人为自然立法、自由意志为道德立法——关联
于佛家大乘起信论的"一心开二门"，既启迪了他由儒家道
统"曲转""曲通"地开出"民主"政统和"科学"学统的
思辨灵感，也把他引向"圆善"的思考所必致的对指点人生
的东西诸"教"的判分。这里的"判教"既是一种东西文化
在"教化"高度的比较，也是对东西文化融合的一种理想方
案的提出。牟宗三在把儒道释三教判为"盈教"（人神相即）、
把基督教判为"离教"（人神相离）、把康德哲学判为"近于
正盈而未至"的同时，也为他正在阐扬的儒教在东方诸教中
安排了"正盈"的地位。

　　像此岸生发、涌现出来的新儒学第一代一样，彼岸由传
承此岸而发展起来的新儒学第二代依然深陷在"返本"与"开
新"如何挂钩接榫的难题中。问题向纵深的展开，在新儒学
第二代那里也是内隐于问题的扞格的更深刻的显示。方东美
为人们绘制了一幅"宇宙生命境界的蓝图"，这图式指点的
是人的境界从科学经由艺术、道德向宗教的递升。在对科学
价值与艺术、道德、宗教价值所做的高下相去、层叠相续的
喻说中，经典的东方之教对近代西方以典型方式展示的"科
学的文化"的笼罩似乎是毋庸置疑的，但方东美显然并不曾
对这样一个问题多所留心：科学价值与艺术、道德、宗教价

值是否在同一价值向度上？如果不在同一向度上，对科学价值与艺术、道德、宗教价值做高下相去的贞辨是否妥当？如果在同一向度上，那么由科学达至艺术，由艺术达至道德、宗教的内在通道究竟在哪里？张、唐、牟、徐在他们的《中国文化与世界》的宣言中，把"返本"与"开新"的关联归结为"自觉其自我为一道德实践的主体"的人如何兼做科学精神所要求的认知主体，于是问题被做了如下解答："此道德的主体之要求建立其自身之兼为一认识的主体时，此道德主体须暂忘其为道德的主体。即此道德之主体，须暂退归于此认识之主体之后，成为认识主体的支持者。直俟此认识的主体，完成其认识之任务后，然后再施其价值判断，从事道德之实践，并引发其实用之活动。"（牟宗三、徐复观、张君劢、唐君毅：《中国文化与世界》）但既然只是在最关紧要处用了"暂忘""暂退归"一类措辞——牟宗三后来代之以"辩证的转折""自我坎陷"的概念——做表达，那被清晰提出的问题也便重新被送进了玄学的朦胧。在这里，儒学界域的自我设划不在于"返本"于"人"，而在于"人"只是被归本为道德自律原则的体证者。他们试图为"人"争得"人"在先前的中国历史（文制的和观念的历史）上不曾被认可过的认知主体的地位，这是对一脉承传的儒学道统的松开，然而认知主体终于不能像道德主体那样获得人"本"或人的"心性"层次的形上肯认，却使那松开的道统在没有实质性损益的方式下再度收紧。

　　结集在这里的几篇文字，原是我为我主编的"当代新儒学八大家集"中的《张君劢集》《方东美集》《唐君毅集》《牟宗三集》《徐复观集》所写的编序。这些独立成篇的文字当然不无内在关联，对此尚可参看我为"八大家集"撰写的编纂旨趣。作为附录收在集子中的《大洋彼岸的当代新儒家》，是应约为上海文艺出版社编印的《危机与选择》一书所写的一篇论文。这篇文字写于 1987 年 4 月，它试图评价几位成名于大洋彼岸的第三代儒者，尽管文中论及的刘述先先生早已从美国迁至香港中文大学任教，而余英时先生曾明确拒绝"新儒家"的称谓，但仍不妨让重印的旧作记下我曾有过的关于"当代新儒家"的观念。附录的另一篇是发表于 1993 年 3 月 26 日《光明日报》的《挣扎中的儒学》，它与本书同名，而论及的是当代新儒学思潮中的两代人。从正文到附录，读者或可从中得到一个关于"当代新儒学"思潮的完整印象，然而这印象到底如何呢？——有兴追问究竟的人们，显然有必要去直接神交那些把心灵寄托在卷帙浩繁的文字中的新一代儒者。

1994 年 5 月 18 日

于福州小柳

　　　　（黄克剑：《挣扎中的儒学——论海峡彼岸的新儒学
　　　　思想》，海峡文艺出版社 1995 年 2 月出版）

柏拉图《政治家》译文初版自序

知识·智慧·生命

一

涵淹智慧的知识是真知，寓托生命的智慧是神慧。知识若没有智慧烛照其中，即使再多，也只是外在的牵累；智慧若没有生命隐帅其间，那或可动人的智慧之光却也不过是飘忽不定的鬼火萤照。

不论以西方的苏格拉底、柏拉图比拟东方的孔孟如何的不相宜，至少，有一点却是这些"轴心时代"的哲人所共备的：他们诉诸本真的生命，在人类心灵的空蒙的童年做一种人生应然趣向的贞辨，并缘此把内在的承诺以口头或文字的方式做某种勉为其难的表诠。但既然是关涉灵魂的归置，对"克己""立人"的向度有所肯认，言诠便不得不取佛家所谓的"分别说"；而既然是"十字打开"式的"分别说"，说者便无论如何也无法画出一个意味上的没有把柄的圆。

读柏拉图或者像读孔孟一样，需要有"得意忘象"的功夫：文字最表层的"知识"对于为知识输入活力的"智慧"原只是一种"象"，同样，涌动在智慧中的"生命"才是智慧真正的"意"。文字中寓着哲人的灵魂，它须得当下的运思者的灵魂去呼唤。对于那些认定古哲的灵魂早就死去的人说来，那灵魂果然是死了；对于那些确信那灵魂就在意境的"灯火阑珊处"的人说来，它竟或就会在你"蓦然回首"的刹那如期而至。神的锲入是决定性的，但同一个有深度的灵魂交往必要有与之相称的灵魂的深度，否则，解剖灵魂同解剖被灵魂遗弃的死尸并无二致。

二

人们当然有理由对柏拉图在《政治家》—— 一篇难读而又颇有代表性的对话——中就国家政体所说的许多话做措辞激切的批评。例如，他说："在与其他政体形式相比较的时候，多数人统治的政体在所有方面都是软弱的，无论是在好的方面或在坏的方面，它都无法有所作为，因为在这种形式中，政府的权力按小份额分给了许多人；因此在所有有法律的政体中，民主政体是最不好的，在所有没有法律的政体中，民主政体是最不坏的。"至少，人们可以这样提出诘难：既然代表民意的法律被认为是社会治制中终究不可或缺的，那么还有什么政体比民主政体更能保证法律所体现的公正不被亵渎呢？同样，人们可以用同一个理由反驳柏拉图对所谓"有法律的君主政体"所做的"居冠的或最好的"赞许，因为迄今的人类历史表明，在一个权威的君主——集中了所有权力因而可能使政府有着极高"效率"的君主——面前，从来就不曾有过真正的法律的权威，而从这里正好可以窥见"有法律的君主政体"的内在扦格。

三

甚至，柏拉图在经由思路的多重跌宕后就"政治家的技艺"所得出的华美约言式的结论，似乎也完全不值一顾了。他以"编织"的技艺喻示人们："当着国王的技艺借助友谊和思想感情的一致把上述两种人（节制的人和勇敢的人。——引者注）引入共同的生活时，一件所有织物中最壮丽、最美好的织物就完满地织成了。这件织物把国家中的所有居民——不但是自由民，而且还有奴隶——归置其中，由它把他们联成一体，统治并保护他们，而不遗漏应该属于一个幸福之国的任何东西。"事实上，已经有人指出："把政治比作纺织艺术是柏拉图的一大创造，也可以说近代和现代的把国家比作机械装置和机器的做法，就是对柏拉图创造的翻版。"而我们当然可以更确切地以下述方式对那"最壮丽、最美好的织物"提出质疑：每个个人的最优秀的品质既然只不过是国王的政治编织技艺所必要的经线或纬线，那么，所有被"归置其中"的个人是否还会有属于自己的自由的独立性和个性？

四

然而，把柏拉图的上述提法归结为一种牵系着某种终极眷注的价值教化，也许比执定为一种政治学说更妥切些。正像同一篇对话中柏拉图不厌其长地引述的天体逆向运转和随之发生的生命过程回溯的神话故事，我们与其把它看作是对人类历史在发生学意义上的探源究底，不如把它理解为一种寻趣到神人之际的价值导引。继苏格拉底之后，柏拉图的心神所注或可说在于文化所必要的虚灵的精神支点的贞定；他同他终生敬仰的老师一样，不是那种诉诸一定组织形态的宗教的创教者，但以对人生态度做某种根本指点而论，他和他的老师所做的却都是立"教"的事。诚如佛教，究宣真元的"如实"慧并不排斥决断行止之疑的"方便"慧，柏拉图也做系属当下事功的政治、法律设计，但"方便"之门的开启总在统之有宗的"如实"的根本慧的烛临下。

因此，重要的也许并不在于"方便"意义上的正误的纠结，而当是对于生发于"如实"处的智慧的体识。"方便"既然不过是"方便"，我们便仍可以依"方便"的态度松开过多的执着，把灵思集中到对象的生命智慧的真正在所。宗教的真谛无从衡以知解理性的尺度，相通的理致是：对于立"教"者柏拉图所觅求的虚灵的命意，我们不能绳之以所谓实证的政治或历史科学。

"同一"与"二分"

五

比起柏拉图在涉及事功的"方便"层次上那些缘于种种制约而注定带着更多局限的结论性话题来，推绎的方法显然有着更普遍的价值。在界说"政治家技艺"的迂回思路中，最富于启示意味的是"同一"原则与"二分"方法的相即相成。全部的逻辑线索系于一个托底的概念，政治家对国家的治理首先被认为是一种"专门的技艺"。柏拉图是从"专门的技艺"开始纵贯式的一系列"二分"的，随着外延的几何级数地缩小，被界说的对象的内涵逆向成比例地丰满："专门的技艺"被分为"实用的技艺"和"纯粹智力的技艺"，"纯粹智力的技艺"被分为"判断的技艺"和"指挥的技艺"，"指挥的技艺"又被分为"命令出自别人"的指挥技艺和"命令出自某人自己"的指挥技艺，而"命令出自某人自己"的指挥技艺再被分为发布与"无生命物"相关的命令的技艺和发布与"生命物"相关的命令的技艺，于是，由发布与"生命物"相关的命令的技艺引出了动物的饲养、照管或管理；接着，发布与"生命物"相关的命令的技艺——照管动物的技艺——被分为"照管单个动物"的技艺和"成群动物的共同照管"的技艺，"成群动物的共同照管"的技艺被分为"水牧的技艺"和"旱牧的技艺"，"旱牧的技艺"被分为"飞的

动物的管理"的技艺和"走的动物的管理"的技艺,"走的
动物的管理"的技艺被分为管理"有角动物"的技艺和管理
"无角动物"的技艺,管理"无角动物"的技艺被分为管理"杂
交类"动物的技艺和管理"非杂交类"动物的技艺,管理"非
杂交类"动物的技艺又被分为管理"四足的非杂交类"动物
的技艺和管理"二足的非杂交类"动物的技艺,管理"二足
的非杂交类"动物的技艺再被分为管理"二足的非杂交的有
羽毛的"动物的技艺和"二足的非杂交的无羽毛的"动物的
技艺——由此,一个最初的、还需继续界定的"政治家的技
艺"的定义产生了,这即是所谓"管理有生命的人类的技艺",
或所谓"某种管理共同生活的人群的技艺"。

六

"专门的技艺"在层阶有序的二分中相继被分出那些与
政治家的技艺不相干的部分,同时,政治家的技艺也因此
而获得愈来愈细密的规定。随着"实用的技艺"、"判断的
技艺"、命令"出自别人"的指挥技艺……管理"二足的非
杂交的有羽毛的动物"的技艺被排除,政治家的专门技艺
被步步深进地做着"纯粹智力的"、"指挥的"、命令"出
自某人自己"的……管理"二足的非杂交的无羽毛的动物"
的阐说。这期间,逻辑的同一律是纵贯每一次二分的,最初,
为柏拉图所选定的"专门的技艺"的概念在每一层的二分
中都保留了下来,在"专门的技艺"被分为"实用的"和

"纯粹智力的"两部分后,"纯粹智力的"在此后的二分中又都被保留了下来。依次类推,所有被保留下来的概念在逐次限定中组成的有序系列,恰是对所探求的政治家的技艺的逼近。所以,依柏拉图的理论,"政治家的技艺"的定义也可作如下表述:管理"二足的非杂交的无羽毛的"动物的……命令"出自某人自己"的指挥的"纯粹智力的"技艺。恪守同一律以"种"加"属差"的方式为事物下定义,是西方思维和表达方式的通则,柏拉图在对政治家的技艺的推绎中对此做了最好的演示。

七

"二分"的过多的层阶使趣向政治家技艺的路径宛转而漫长,但这与其说是柏拉图的刻意编排,不如说恰恰是由于揩思者的顺其自然。任何一次二分都没有人为的刀劈斧凿的痕迹,所体现的是使二分有一个确然的分际而不致落于划分者的念愿的原则:被分而为二的两部分必须同时是两个"种"。在柏拉图看来,种与部分的差异分外要紧:"任何事物的一个种,都必定是这一事物的一个部分,但反过来说,它的一个部分却未必也一定是一个种。"男人和女人分别是"人"的一个种,而又是能把"人"尽分于二的两个部分;雅典人与非雅典人——雅典人心目中的"野蛮人",或可看作"人"的两个部分,但至少非雅典人并不能构成使"人"尽分于二的一个种。不顾及"种"的自然界线的二分不是真正的二分，柏拉图的二分是依据同一律为事物下定义并因此而把握事物本质属性的中心环节，它的是否依"种"（"属"）相判从逻辑上直接决定了诉诸种属关系的定义是否有效。

在独具一格的中国语言传统中，不存在严格意义上的定义式的句型。"仁者人也""天者巅也""天命之谓性，率性之谓道，修道之谓教"，这一类语式似乎是在为"仁""天""性""道""教"下定义，但细细品玩，却与定义并不相干。"仁者人也"只是对"仁"做一种所谓"人成其为人"的指点，"天命之谓性"也只是对"性"做一种所谓"天之所命"的启示。敏慧的人也许能从这"仁"与"人"、"性"与"命"的指点或启示中悟出极深长的意味，而神思终于不能进入的人却可能因着这里没有确定的致思的脚手架可供攀援而一无所获。在事物的某种意味被心灵肯认后，表达这肯认并不是件容易的事，对既成传统的东方诠说方式和西方诠说方式或者并不能简单地以优劣判分，但没有疑问的是，我们看得出柏拉图的思维和表诠方式曾怎样影响了整个西方的传统。

八

在最初由一系列二分所达到的"政治家的技艺"的定义中，柏拉图并不轻觑其中的任何一个环节，但在他那里，有些环节被分外看重，而且显然，管理"二足的非杂交的无羽毛的"动物并不就是通向政治家技艺的二分道路的最后一段路程。他指出:"如果管理无角动物的技艺的一部分(政治家技艺的这部分。——引者注)被一个综合性的名称所称谓,那么它的内涵将不少于三重,这三重内涵依次是:(1)一种专门的技艺;(2)管理群体的;(3)(管理)非杂交繁殖的群体的。对其进一步细分所得到的技艺,唯一可能的就是管理有生命的人类的技艺,并且这最终是我们正在寻找的被称作国王的和政治家的独一无二的技艺。""进一步细分"似乎并不能用具体的二分的次数做限定,它只是把所要趋近的对象明确为政治家的专门技艺。

接下来的二分变换了一种角度,在引述了一大段意蕴深异的神话后,柏拉图提出把同是有生命的人类的管理者的"神祇牧者"和"人间的暂时行使职权者"区别开来。这当然不会有逻辑上的任何麻烦,因为"神"和"人"毕竟是两个"种"。然而,当要"把暂时行使职权者的因而单单属于人类的照管技艺分为两部分"时,丛生的荆棘掩埋了缓慢延伸的二分的路径。无论是把管理方式分为强制的与尊重被管理者意愿的,还是把管理者本人分为贫穷的与富有的,或依是否遵循成文的法律对管理做某种划分,都无助于向真正的"政治家的技艺"进一步逼近。于是逻辑的线性推进不得已被一种举例的喻说所代替——柏拉图引出了著名的"编织"的比喻。

如同一个正多边形,随着边数的增多而愈来愈接近于一个与之相称的圆,但由边的增加——直到边长为一点——

而真正达到那个圆却是一个无限的过程。"种"加"属差"那样的逻辑表达总是直线式的，即使在最佳状况下由不断的二分而愈来愈接近界说的对象，那过程也会在拉长之后再被拉长。对于下定义的方法的局限，柏拉图不曾明确指出，但由这局限所造成的运思的困窘他似乎是感受到了。他意识到"除了靠举例，阐述任何较重大的思想都是困难的"，而且对例子所体现的非"同一"的相关性他显然是有所悟知的。他说："当同样的意味被恰当地表达在两个相互独立的事物中，两者相比较，结果共同形成了一个正确的观念，这时一个例子就造成了。"如果我们依中国的传统术语称"二分"而"同一"的下定义的方法为"方以智"，那么，以例喻说而曲尽其致的方法便可以说是"圆而神"了。柏拉图在后来对"政治家的技艺"的诠说中交替使用了两种方法，这方法的交替所透出的是至今不黯其辉光的哲人的智慧，它使那曾经寓留过这智慧之光的"政治家的技艺"的知识相形失色。

中庸

九

在《政治家》中，由对话过程长短的讨论带出了所谓"中的标准"或"中庸"的话题，这对于"政治家的技艺"说来的题外话，在柏拉图的思想遗产中有着比论主关于政治家技艺的全部结论乃至他用于界说这技艺的"二分"的方法更重要的价值。它是"如实"慧从"方便"之门的透出，借着这一束光的导向，我们可以指望沿着一条避免太多歧误的通道进到那幽微而奇诡的"理念"世界。

通常人们总在上下、左右、前后乃至好坏、优劣的居间分位上理解"中"，这"中"是"中间""中等""中级"的同义语。它的被称谓是由于人们对既在境遇中事物的状态或品位的一种随机判断，有所对待或所谓相对性是它的相应于随机判断的一般属性。在柏拉图那里作为技艺或美德的某种"度"的"中"或"中庸"，正像中国儒教所谓"中庸之道"的"中庸"一样，具有绝对的因而超越具体定在的意义；它并不能从当下的简单的比较中获悉，尽管当下总是以这样或那样的方式把它的影像投射出来。由前一种"中"理解后一种"中"，是对只有哲学的慧眼才能窥见其机奥的"中"亦即"中庸之道"的"中"的乡愿化。

十

对"大"与"小"或"较大"与"较小"的指称，在柏拉图看来有两种方式，一种是"相互比较"，另一种是对所量度的对象衡之以"中"的标准。由相互比较而得到的"较大"与"较小"的判别，仅仅意味着"较大"只比"较小"大而不比其他任何大，"较小"也只比"较大"小而不比其他任何小，换句话说，这种"较大"与"较小"不过是两个互比对象的校雠，没有两者之外的某种尺度参与其中，因而这种比较也就不会有由两者之外的那种尺度所可能引出的价值评判。以"中"——某种尺度——为衡准所确认的"较小"不仅比"较大"小，也比"中"小；以"中"为衡准确认的"较大"不仅比"较小"大，而且也比"中"大。这里的"较大"与"较小"既然是由本身即意味着一种价值的"中"所确定，那么"较大"与"较小"的形式判断便可能同时即是一种价值判断："较大"相对于"中"是所谓"过"（超量、过度），"较小"相对于"中"是所谓"不及"。

乡愿化的"中庸"在于求取对"相互比较"而来的"较大"与"较小"的"折中"，它似乎由调和而得了一种公允，但这公允是没有本然价值依据因而浮游无根的。真正的"中庸"却是对一个确然不移的标准的信守，它不随顺任何一己一时的好恶，也不因意力的强制或念愿的诱惑而有所变通。"中"的标准的未可移易是因着它本身在一种恰到好处的分际上，有赖于它发现的"过"与"不及"，也有赖于以它为参照做调适或匡正。柏拉图认为，技艺范围内的所有事物都有量度的性质，而量度本身已经是一种技艺。这种技艺可分为两部分："一部分包括所有测量数目、长度、宽度、厚度以及与它们相关的对立面的技艺，另一部分包括那些与适度、恰当、恰好、必要以及所有其他位于两端之间的'中'的标准相关的技艺。"前一部分并不直接涉及"中"的标准因而不做任何价值参与，后一部分关涉所有称得上"技艺"的技艺的准确定性，只是后者才为柏拉图所着意考察。

十一

由"适度""恰当""恰好"一类词语所表达的"中"的义涵显得模糊而难以把握，但这模糊原是一种虚灵，而难以把握却是因为这不落迹象的虚灵中寓有一种绝对的真际。柏拉图断言："所有技艺的共通地存在和较大与较小的被测定，不仅与它们的相互比勘有关，而且也与'中'的标准的确立有关。因为如果这一标准存在，它们也存在；但如果另一个不存在，则两者在任何时候都不能存在。"这段看似令人费解的话，是对"中"的标准在一切堪称"技艺"的技艺中的遍在的极真切的表达。对于任何一门技艺说来，"中"不过是这门技艺做到"适度""恰好"的那一"度"，不论这门技艺通过某个人获得某种实现时会怎样的因为"过"或"不及"而不尽人意，这门技艺成其为这门技艺却总在于它有着人们在默识冥证中感受到的那一"度"。没有这个在人们心目中被认可为技艺圆满实现的"度"，人们就既无法评价这种技艺的每一次实现，也无从对它可能达到的状况有更高期待。这个"度"很难通过一种直观的方式展示给每一个人的理性，也很难由一个对它有所觉解的人用常人所能领会的语言做一种诠释，但实际上，当人们在赞赏或批评某种技艺的这一次或那一次实现时，当人们修习这门技艺而企望获得这门技艺的更高造诣时，这门技艺的"度"或所谓"中"的标准的被认可已经是不言自明的了。因此，我们也可以这样说，任何一门技艺的"中"的标准都不是某种外在权威的强加，它随着这门技艺的确立而本然自在，并不以更多的人是否认可或认可的人们是否能够恰如其分地表达而有所乖离。

十二

就"中"的虚灵性而言，它是一切技艺的共法，尽管作为"适度"或"恰好"，它在不同的技艺那里有着更具体的义涵。不管柏拉图如何把"政治家的技艺"标举为所有技艺中最伟大因而最有价值的技艺，他的所谓"中庸"标准对于所有技艺无所不在的断言却可能引出这样一个也许多少超出他的初衷的推论：任何一门技艺都有其相对独立存在的理由，因此也都有其相对独立而不可为其他价值所替代的价值。就柏拉图的主观意致看，似乎不无伦理政治或政治伦理一元化的价值取向，但"中庸"标准所引发的诸多技艺领域的价值自觉却又可能促成系于知解理性的多种科学的分途发展。智慧的普照之光再一次冲开有限知识的匡束，把灵感和启示带给更令人向往的远方；分门别类的科学在西方文化中的价值之根的生成，原由可能要复杂得多，但柏拉图的思想影响或者正是其未可轻忽的一端。

在中国古代哲人留给后世的充满智慧和生命感的经典文

献中,《中庸》是最引人注目的篇章之一。对于儒教熏陶下的中国人来说,"中庸"并不是同仁、义、礼、智、信五种"常"德并称的又一种德性,但对"中庸"的自觉,意味着诸种常德在当有的分际上不致落于乡愿。然而无论如何,东方的"中庸"之道只是同诉诸自律原则的道德境界关联着,始终不曾把价值之明辐射到需要知解理性自觉的科学和技艺领域。这不无遗憾的偏执,似乎正可以用来提示我们理解中国古代科学何以终究未能获得独立的进取向度,也由此可以用来比论柏拉图的"中庸"思想的某种独特风致,尽管中国儒教的"中庸"自有西方哲人的不可企及处。

十三

诚然,柏拉图对"中"的标准("中庸")的提撕并不拘限在技艺的王国,他也以同样的觉境审视美德,但这里更多地用了遮诠的方法。一向极受柏拉图重视的"勇敢"和"节制"的美德,在国王"编织"的技艺中起先是以相互对立的方式提出的。勇敢成其为勇敢和节制成其为节制是各有其"中"的标准的,倘使两种美德都在"中"的分际上是不可能有所对立的,但无论是勇敢还是节制,一旦落于一偏,便不仅可能引起二者间的抵牾,也同时会导致它们的自相乖违。柏拉图指出:"无论什么,当它比必要的正当理由更激烈时,或者,当它是太快或过于悍猛时,它会被称作'凶暴的'或'疯狂的';同样,无论什么,当它太沉稳、太缓慢或过于优柔时，它会被称作'怯懦的'或'迟钝的'。"所谓"必要的正当理由"即是某种"中"的标准，而"勇敢"的"更激烈"——所谓"过"——会失去其美德的性质而演为"凶暴"或"疯狂"，同样，"节制"失去分际也不再可称美德，下委为"怯懦"或"迟钝"。在纯理致的意义上，柏拉图也许是需要分别对勇敢或节制的正态或"中"态做某种发明的，但在《政治家》中，他只是诉诸国王的政治编织术对它们做一种"实践"的导引。勇敢和节制在政治的编织技艺中被分别派定为交织的"经线"和"纬线"，或正可看作"编织"的构想者对两种美德在相互制约和渗透中葆任其本真的一种成全。而更可玩味的深意，甚至也可以做这样一种引申：把勇敢和节制编织在一起的政治家的技艺本身即是一种"智慧"，这"智慧"隐含了唯有悟识哲学的政治家才可能有的"中庸"理境。"智慧""勇敢""节制"和"正义"（政治家的"织物"的总体品格），这些称述美德的词语自然会使人们联想到柏拉图更早一个时期的对话《理想国》，但显然，《政治家》在同样的议题上已经有了更新异更深微的意致。

理念

十四

从"中庸"到"理念"，无须理性在逻辑的途径上有更多盘旋，因为问题已经如此简单——当某种技艺、美德、事物的"中"的标准圆而神地呈现时,那呈现这标准的不就是被看作这技艺、美德、事物的本真所在的"理念"吗?《政治家》并没有就"理念"而讨论"理念",但在所谓"绝对和永恒的不变性是所有事物中最神圣的东西才具有的一种属性",所谓"最伟大和最崇高的非物质的东西,只能借助于理性来展示"的话题中,由"最神圣的东西"或"最伟大和最崇高的非物质的东西"透露给人们的依然是"理念"的神致对政治家技艺的讨论的笼罩。真正合于"中"的标准的"政治家的专门技艺",是理念形态的技艺,而真正能够以这种技艺治理国家的政府形式亦即唯一堪以"正确"相许的政府形式,是理念形态的政府形式。因此,对所谓政治家的专门技艺的探求,说到底不过是对一种可供人类可能的种种政府形式模仿的神圣的治国技艺原型的探求。

从对"专门技艺"的连续二分到借助"编织"而以例相喻,柏拉图是从一个"可见世界"开始自己的逻辑延伸的,但随处可见的似乎不出常识范围的问答中却诡谲地酝酿着一种超越的理想的诞生。看似一种实证,却含藏着真正的批判。在人间世的实际可能的政体形式中,一个人的集权统治有可能成为最好的政体形式,也有可能是一种最不堪忍受的非人的强制;权力分散而无从获得更高效率的民主政体,有可能是所有政体中好处最少的,却也可能相对于所有政体害处最少。这两极的转换只在于法制的有无,而法制作为"第二好的国家"的最重要的凭借,原不过是对理想中的政治家技艺模仿的一种不得已的形式。全部现实的政体形式都在一个唯一正确的政体的理念的俯瞰下，这理念的政体是真正依据政治家的专门技艺实施统治的政体。因为它只是鉴照性地对现实政体做一种向善的提撕因而永远不落于既成的政体中，所以它总是虚灵不局的；因为它是唯一合于"中"的标准的政体，所以以"中庸"原则相衡，它又是对于人们的祈向说来最真实的。

十五

对柏拉图的"理念"，人们惯于从逻辑的进路去把握，这样，"理念"往往被诠释为某种所谓"共相"。"共相"是相对于"殊相"的，因此人们也以"共相"与"殊相"的逻辑喻说或批评某一理念与这一理念统摄下的诸多同名的个别事物的关系。人们普遍肯认的一种说法是：共相是对诸多殊相的抽象，它寓于殊相之中而并不离开殊相别有一种存在。由此，柏拉图的作为"可知世界"的"理念"对于感性的"可见世界"的超然逸出，便被理所当然地推定为理致的歧误。对柏拉图最早作如上批评的是他最有成就的弟子亚里士多德。这位古希腊的百科全书式的人物曾这样说："苏格拉底曾用定义（以求在万变中探取其不变之真理）启发了这样的理论（关于理念的理论。——引者注），但是他所始创的'普遍'并不与个别相分离；在这里他的思想是正确的。结果是已明白的了，若无普遍性则事物必莫得而认取，世上亦无以积累其知识，关于意式（即理念。——引者注）只在它脱离事物这一点上，引起驳议。可是，他的继承者（指柏拉图。——引者注）却认为要在流行不息的感觉本体以外建立任何本体，就必须把普遍理念脱出感觉事物而使这些以普遍性为之云谓的本体独立存在，这也就使它们'既成为普遍而又还是个别'。"这个著名的批评曾为哲学史上许多赞赏者所援引，但它显然有着更大的实证的性质，因而与柏拉图试图以"理念"为事物启示一种价值取向的初衷并不相应。

至少，在《政治家》中，理念形态的政体形式，亦即由政治家的专门技艺实施统治的"唯一正确"的政体形式，并不就是对现实的既有形态的政体形式的抽象——既不是对贵族政体、寡头政体、民主政体的抽象，也不是对君主政体（包括王政和暴政）的抽象。即便是有法律的君主政体（王政）在柏拉图所谓"模仿"的意义上最接近政体形式的理念形态，那"理念"也决然不是若干存在过的君主政体的"共相"。

十六

诚然，柏拉图也以他的"理念"称述杯子或桌子的"杯性"或"桌性"，但即使是这时的"杯性"与"桌性"在杯子和桌子的通性的意义上不妨依逻辑的惯例称作一种"共相"，这"共相"（共性）的意蕴也更多的不在于对既有杯子或桌子的"殊相"的被动阐说，而在于对当下诸多"殊相"

的某种定向引导或超越。就是说，它并不就是"密纳发的猫头鹰"的角色，只是跟在已有杯子或桌子后面做实证的分辨，而是关联着"中"的标准，为更新而更富于"杯性"或"桌性"的杯子或桌子的出现从价值上开辟道路。这一点——理念的价值导向性质，甚至可以从人们通常发现的所谓柏拉图的逻辑不彻底处得到印证。倘由以逻辑为凭借的"共相"理解"理念"，任何一种自然物都不能说没有它的共相，但柏拉图对自然物（诸如水、火、石头等）是否有理念却一直迟疑不决；至于头发、污泥、秽物等卑不足道的事物，其逻辑意义上的共相似乎是不言而喻的，柏拉图则断然拒绝把它们关联于某个相应的理念。在《巴门尼德》中，他借着苏格拉底的口毫不掩饰地剖白："相信有它们（指头发、污泥、秽物等。——引者注）的某个理念，恐怕太荒诞了。然而这在过去已使我不安：或者关于一切是同样的情形。后来当我刚一停留在这点上，我即逃跑，恐怕坠入愚昧的深渊，毁灭了我自己。"对柏拉图这一看似困窘的理路，也许做逻辑上的指责是不尽妥当的，因为做这种指责的前提在于"理念"被了解为某种"共相"，但事实上，价值中立的共相与柏拉图那里往往含着某种价值启示意味的理念并不相称。

十七

柏拉图对事物的"种"的看重当然是一个不争的事实，他的所谓"二分"即是以事物的"种"的本然界限为底据的。

由"种"而涉及表达"共相"的概念，又由"种"的某些共通的存在状态和"种"与"种"的关系而引出作为"最普遍的种"的范畴，这是柏拉图思想中的一条"逻辑"线索。这条逻辑线索常常与"理念"纠结着，但理念就其为理念而论，在本质上是形而上的和价值的。逻辑的间架似乎只是为了寓托虚灵的"理念"而存在，而含着价值取向的理念对于作为寓托对象的"种"（"共相"）却是不无抉择的。在《政治家》中，相应于水生动物有水牧的技艺，相应于陆地动物有旱牧的技艺，相应于飞的动物有管理飞的动物的技艺，相应于走的动物有管理走的动物的技艺；水生动物、陆地动物、飞行动物、走动的动物都是不同层次的动物的"种"，管理不同"种"的动物的技艺也都是不同层次的技艺的"种"。有"种"便不可能没有"共相"（"共性"），但前一类"种"（动物种）未必有理念，而后一类"种"（技艺种）倘没有理念便不成为"种"。而且逻辑意义的"共相"（"种"）——例如这一"种"动物与那一"种"动物——可不必以价值尺度做上下、优劣的分辨，而寓托了理念的"种"却总被毫不含糊地判以价值的高下。例如，同是关涉国家事务管理的技艺，"传令官""公务员"乃至"预言家""祭司"的技艺被称为"仆人的技艺"，"将军""法官"的技艺被认为是有类于与黄金混合的铜、银或金刚石等"珍贵物质"的技艺，而政治家的或国王的技艺则被贞定为"独一无二的""权力凌驾于社会之上的""所有技艺中最伟大而最难得的"技艺。

柏拉图《政治家》译文初版自序

034

从"无生命物"到"生命物",从一般生命物到"两足的""非杂交繁殖的""无羽毛的"生命物（人），仿佛有一种价值设定涵泳在所展示的物"种"（"共相"）系列中，但这与其说是某种"共相"的逻辑使之然，不如说是与之相应的管理技艺的"理念"的不同价值格位使之然。

十八

正像柏拉图在论及"美"时所指出的"美的东西之所以是美的，乃是由于美本身"那样，我们或可说，任何一种"理念"无不趣归于"善"是由于"善本身"或"善的理念"。一位漂亮的小姐是美的，但美并不就是一位漂亮的小姐；一只精心烧制的汤罐或一把做工考究的竖琴是美的，但美并不就是一只美的汤罐或一把美的竖琴。柏拉图不是从诸多可感的美的事物中寻取美所以为美的"美本身"，反倒是以"美本身"——或可称为"美"的理念——作为一切可叹之以美的事物的美的依凭。这虚灵的"美"不受任何可感的美（色彩、线条、形态、节奏、韵律、情致等）的规定或局限，它却为可感世界的美悬起一个度之弥远的衡准，启开一个不致在一井之天中圆足而下委的向度。而所谓"善"，正像"美"一样，在柏拉图那里与其说是一种可描绘的状态，不如说是一种不可思议却如如而有的趣向。柏拉图的"善"不仅含着道德的高洁，也蕴有美趣的欣求、身心的幸福和事物依"中"的标准的圆成，它或可说是一个意味丰赡得多的"好"。每一种有自己理念的事物都向着或应当向着它的理念而趋，而每一种理念所以成其为理念或这一理念所以得以对它所笼罩的那个种做向"善"（"好"）的导引，原在于诸多理念的理念——"善的理念"。

与"可见世界"中为眼睛照亮感性对象的太阳相当，"善的理念"在"可知世界"中把人的灵魂所注视的知识和真理照亮。真理和知识是好东西，而具有更高价值和荣誉的"善的理念"是更好的东西。从柏拉图就"善的理念"告诉我们的全部消息看，它的真实无妄而又虚灵不滞似乎是无须逻辑推证的，一切"爱智者"——而不是"爱意见者"——只需对自己所以"爱智"有所觉解，那个带给人们一个"可知世界"的它，或正可在这一觉之明中朗现出来。

"政治家的技艺"属于"可知的世界"，它的"可知"的"究元"处是"善的理念"。人们当然可以像询问"理想国"的所在那样询问"政治家的技艺"的所在，而柏拉图对前一种询问的酬答却也正可以看作是对后一种询问者的指点。他说："我认为也许在天上树立着这种理想国的模型，对希望看到它的和正在看到它的人，是自己能够找到的；但是这种模型，是否现在就存在于任何地方，或将来会存在，那是无关宏旨的。"

附识：

《政治家》在翻译过程中曾得到胡建、游冠辉、连宝辉诸学友的多方帮助，谨在此致以诚挚的谢意。诚如西方学者所言，《政治家》是柏拉图的一篇难读而又颇具代表性的对话，译者贸然依英译本做了中译，译后却总感惴惴。不当之处或所在多多，唯愿贤者指教匡正。

1993 年 3 月 6 日

于福州小柳

（［古希腊］柏拉图：《政治家》，黄克剑译，北京广播学院出版社 1994 年 2 月出版）

柏拉图《政治家》译文再版自序

　　八年前的初春，我着手移译柏拉图的对话体著述《政治家》。尽管这篇文字的重心如其标题所示在于"政治"，但我当时真正对它发生兴趣却是因为那在对话中被当作散逸的题外话演述的"哲学"。当我在这里同西方哲学史上第一次出现的"中庸"（Medium）范畴相遇时，一种意外而真切的灵觉油然而生。像是蓄聚了许久而渴望燃烧的柴薪撞到了一颗火星，寻路而行的神思在又一次遭逢的幽晦中再度赢得一缕光的烛引。借着"中庸"，我找到了一条洞达"理念"的捷径，它印证了先前我对"理念"出于价值祈求的猜测，也使我就此比勘于孔子的"中庸"之道，闪电般地领悟到所谓"中庸之为德也，其至矣乎""天下国家可均也，爵禄可辞也，白刃可蹈也，中庸不可能也"一类哲训的微旨。这份让我时时回味的学缘亲切而默然，它曾吐露在我为译文的初次出版所写序言的如是话语中："在《政治家》中，由对话过程长短的讨论带出了所谓'中的标准'或'中庸'的话题，这对于'政治家的技艺'说来的题外话，在柏拉图的思想遗产中有着

比论主关于政治家技艺的全部结论乃至他用于界说这技艺的
'二分'的方法更重要的价值。它是'如实'慧从'方便'之
门的透出，借着这一束光的导向，我们可以指望沿着一条能
够避免太多歧误的通道进到那幽眇而奇诡的'理念'世界。"

　　然而，《政治家》的主题毕竟归落在"政治"和"政治家"
上。值此译文转由中国青年出版社再版之际，我愿就柏拉图
意想中的政治技艺略做申说以补初版译序所述之不足。

　　柏拉图心目中的治国之术是一种"专门的技艺"，它不
是权力的仆役，反倒是权力必得受它的节制而为它所用。它
被认为独立于当下权力的拥有者——正因为这样，它才可能
作为一门不为权力拥有者的意志所屈的学问被探究。"一个
具有这种（治国）技艺的人，不管他碰巧是统治者还是平民，
他的这种技艺是否都应该被恰当地称作'国王的'？"当问
题被提到这一度时，柏拉图让对话者毫不含糊地回答："至
少，他有权利要求这样。"（下文凡引文未注明出处者，皆出
于《政治家》。——引者注）"国王的"正可谓"政治家的"，
这里只是以其称述治理国家所当有的那种技艺的属性。如此
被论说的"君王的技艺"，是对现实政局中既已居于王位的
经验个人的超越。它自始即是批判性的，既用以批判"由选
举或抽签"裁处诸政治事宜的那种民主制，也用以批判君
主制下尸居其位或逞意而为的君主。《政治家》有一副标题，
即"论君王的技艺（逻辑上的）"。这所论"君王的技艺"不
是从诸多经验的君王治国之术中抽象而得的"共相"；它诚然

是"逻辑上的",但其"逻辑"内在地涵贯了属望于理想的政治家的价值祈求。

"君王的技艺"或"政治家的技艺"的外延是以对"专门的技艺"连续二分的方式愈益切近地界定的,而二分的一个确然的分际在于尽分于二的两部分必须同时是两个独立的"种"。划出"政治家的技艺"的领域是一个冗长而须得从容理会的过程,在初版序言对其理路做了大致勾勒后,这里有必要以如下的图表对其措思线索作一扼要提示:

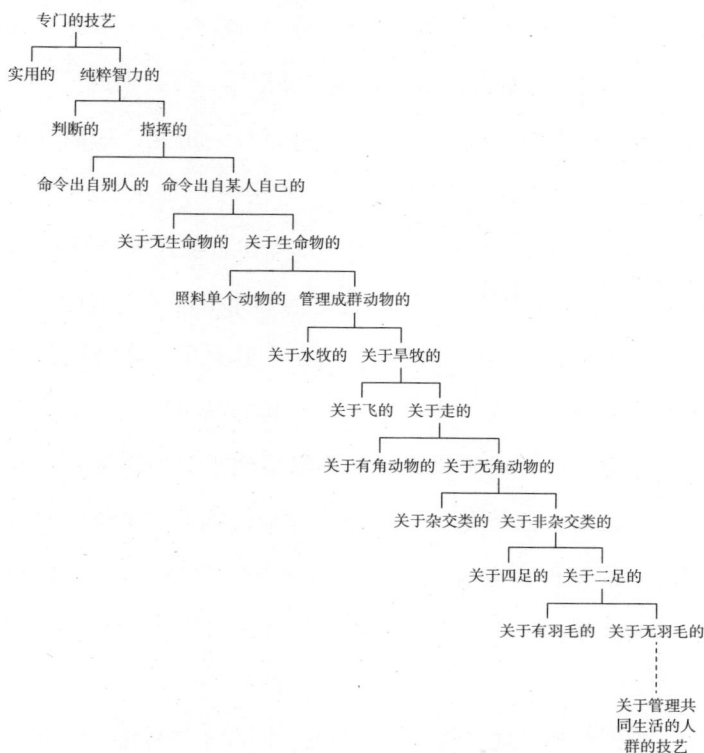

```
专门的技艺
├── 实用的        纯粹智力的
│   ├── 判断的        指挥的
│       ├── 命令出自别人的  命令出自某人自己的
│           ├── 关于无生命物的  关于生命物的
│               ├── 照料单个动物的  管理成群动物的
│                   ├── 关于水牧的  关于旱牧的
│                       ├── 关于飞的  关于走的
│                           ├── 关于有角动物的  关于无角动物的
│                               ├── 关于杂交类的  关于非杂交类的
│                                   ├── 关于四足的  关于二足的
│                                       ├── 关于有羽毛的  关于无羽毛的
│                                                          ┆
│                                                     关于管理共
│                                                     同生活的人
│                                                     群的技艺
```

在二分的每一层阶中，被摒置不顾的"种"（图表中所有列于左方的项）对于对"政治家的技艺"做遮诠的限定都有着绝对的意义，如谓"政治家的技艺"不是"实用的"或不是"关于无生命物"的管理的、不是"照料单个动物的"等。相比之下，每一次二分被保留下来用以表诠"政治家的技艺"的"种"（图表中所有列于右方的项），其对于被界说的对象却都是意义尚不够确切而有待再做限定的，如谓"政治家的技艺"是"纯粹智力的或管理群居动物（人包括其中）的"等。倘把连续二分的被保留项（图表右方的项）连缀在一起逐层上溯地做一种限定，可得到关于"政治家的技艺"的一个相对确定的外延性的定义，如谓"政治家的技艺"是管理"无羽毛的""二足的""非杂交的""无角的""行走的""群居动物"而"命令出自某人自己的""指挥的""纯粹智力的"专门技艺。但如此下定义，永远只能不断接近被定义者，却难以全然命中其对象。在外延的轮廓渐次趋于清晰而大体可辨后，内涵的赋予便成了必要的点睛之笔。线性的逻辑语言的不堪迫使柏拉图诉诸比喻以申达"政治家的技艺"的旨归，于是在蜿蜒的思路伸到尽头时，他把他所喻说的"专门的技艺"归结为使"勇敢"的人的品格和"节制"的人的品格和谐交织的那种"编织"的智慧。

柏拉图并未就"政治家的技艺"对"中的标准"（中庸）

的默守说更多的话，但他对任何一种专门技艺必有其"中的标准"的强调显然触发于顾念中的"政治家的技艺"。依他的逻辑，"政治家的技艺"成其为"政治家的技艺"不在于某些政治家或君王做了些什么，而在于这一专门的技艺依其"中的标准"有其理想的范型。这范型也可谓"理念"。与《理想国》相比，柏拉图在《政治家》中没有对国家的理想形态做任何描绘，他只把它了解为由理念意义上的"政治家的技艺"所治理的国家。正像《理想国》不曾为人们承诺国家的理念在世俗国度的终将实现，《政治家》也没有为人们做出理念意味的"政治家的技艺"必当被某位君王或政治家所拥有的承诺。他由"政治家的技艺"的"理念"祈想着一个由这理念境地的技艺所治理的合于"理念"的国家，但在把这样的国家的政体形式推定为"完美无缺的政体形式"时，他也出于现实困难的考虑而认可以法制为契机的"第二好的国家"。依法律的有无，"可见的"国家政体被柏拉图分为六种，此即所谓"王政"（有法律的君主政体）、"暴政"（无法律的君主政体）、贵族政体（有法律的少数人的统治）、寡头政体（无法律的少数人的统治）、有法律的民主政体、无法律的民主政体。六种政体作为对"完美无缺的政体形式"——所谓第七种政体——的模仿，最有可能成为"第二好"的国家政体的是"王政"（有法律的君主政体）。柏拉图对法律的优长与缺陷的剖析是深刻而富于启示性的，法制——由此才可能引生"第二好"的国家政体——的不得已而行在他那里是因着这样的逻辑:"照目前的情形看,像我们所称述的,在我们的国家中还无从产生这样的国王——他像蜂群中蜜蜂的统治者,从一开始在身体上和精神上就天生卓越而适合为王,因此我们似乎不得不聚集起来制定成文的法律,以仿效完美而真正的政体形式。"

柏拉图终其一生不曾淡漠政治,但这份与政治的不解之缘是根于哲学家的"善的理念"这一终极眷注的。与"中庸"或"中的标准"的确立相应,"政治"从此成为一种有着专门技艺和独立价值的学问。无论柏拉图就政治和政治家所说的那些话在此后的两千多年中曾遭到怎样的诘难,一个无须争辩的事实是,"政治"和"政治家的技艺"在最初的界说者或祈想者那里都不曾沾染任何机心与权术。世俗的政治也许是人类生活蒙受历史尘垢最重而最不干净的领域,但献祭在这里的鲜血和牺牲却也滋养着从未消歇的人间"正义"的价值。柏拉图是最早从"政治"和"政治家的技艺"中觅求"正义"价值的哲人,而且这觅求对于不脱功利干系的政治始终保有一种超功利的境界。单凭这一点我们也可以理解,每当被弄得肮脏不堪的政治在重新选择一块可奠基其上的净土时,这位《政治家》的作者何以总会被人们再度记起。

又及,值本书付印之际,承蒙北京师范大学历史系杨共乐教授对书中所涉希腊文字进行了认真校订,并纠正了上次版本中即存有的希腊文字错谬。在此，谨向杨教授表示谢忱！

2001 年 9 月 11 日

于北京西郊

（〔古希腊〕柏拉图：《政治家——论君王的技艺》，黄克剑译，中国青年出版社 2002 年 12 月出版）

《人韵——一种对马克思的读解》自序

　　这是一个曝光过于强烈的地带，任何略失审慎的差池都会以放大或夸张了的方式显露出它的不堪。况且，在这里，学术往往还须顾及学术之外的紧张，心灵询问本身即意味着某种会牵动那严重得多的感性后果的精神探险。然而，当我们终于有可能把马克思——一位悉心考察和感受过现代人类最深刻的危机的人物——真正作为研究和品评的对象时，这被观审和解读的对象也这样激励尚可期许的研究者："直奔真理，而不要东张西望。"①

　　马克思在中国是幸运的，他的名字曾迅疾而持久地做了人们某种神圣祈向的象征，但这幸运却也还是真正的不幸：既然中国在过去的许多年中所发生的一切都用着他的"主义"的名义，那么，当人们得以回头检点这期间的非同寻常的失错时，也便可能沿袭世俗的方式迁怨于他。我们中国人对这

---

① 《马克思恩格斯全集》第 1 卷，人民出版社 1956 年版，第 6 页。

位耳熟已久的人物是怎样的陌生呵！竟然在以初恋般的热情紧紧地拥抱他之后，骤然同他拉开了一段令人惊诧的距离。诚然，马克思的一句话是不期然说中了的，他说："（你们）这样做，会给我过多的荣誉，同时也会给我过多的侮辱。"①这"过多的荣誉"和"过多的侮辱"，难道不正是来自那种对马克思——从他的智思到他的心灵——的过多的无知么？忏悔和反省是灵魂的良医，然而一个不言而喻的前提则是康德所谓的"理性的公开运用"，对马克思的研究显然有待于一个新的开始，它将展示那曾有过持续的自豪的伟大东方民族的历史胸襟。

只要容许研究，就不能指望不同的研究者对同一研究对象总能够做出众口一词的断论。也许正确的结论会有相当程度的"排他性"，但这并不能够成为那些惯于向人们颁布真理的人用"权威"的鞭子抽打别人智慧神经的依据。在研究对象面前，研究者的心灵应当是坦真的；他在用思维把握对象的逻辑时，也在用自己的心灵探询那逻辑后面的更动人的非逻辑的消息。这需要与勤苦和果敢相系的"截断众流"的意志的力度，也需要非意志的"蓦然回首，那人却在灯火阑珊处"的灵感的机遇。然而灵感是羞涩的，她常常须有一种情致的导引，这情致——一种不尽于思议的心理氛围——至

---

① 《马克思恩格斯全集》第19卷，人民出版社1963年版，第130页。

少意味着研究者心智的舒展、开放和没有太多的畏忌。谬想总会因着神思的自由驰骋而萌生，但为神思所引发的，也会由神思做处置。歧误可能会作为一种代价永远伴随着智慧，智慧却绝不至于因为它的真实的果实蒙了脱不开的阴影而消歇或萎靡。自由的心灵并不像说大话的人，它从不在本真的罗陀斯岛之外刻意卖弄。

大约 15 年前，在我第一次读马克思的博士论文《德谟克利特的自然哲学和伊壁鸠鲁的自然哲学的差别》时，就曾为马克思辐辏于原子偏斜的诠解的运思所吸引："每一个物体，就它在下坠运动中来看，不外是一个自身运动着的点，亦即一个没有独立性的点，这个点在某种一定的存在中——即它所描画的直线中失掉了它自己的个体性。"[1] 这段描写原子直线下坠运动的文字，在我看来，恰构成一种庄重的人文思考，它提撕着马克思系于人的个性和独立性的某种终极眷注。发为现实关切，其命意正好通着《德意志意识形态》的如下的一段话："在现代，物的关系对个人的统治、偶然性对个性的压抑，已具有最尖锐最普遍的形式，这样就给现有的个人提出了十分明确的任务。这种情况向他们提出了这样的任务：确立个人对偶然性和关系的统治，以之代替关系和偶

---

[1]　［德］马克思：《德谟克利特的自然哲学和伊壁鸠鲁的自然哲学的差别》，人民出版社 1961 年版，第 18 页。

然性对个人的统治。"① 这些并非无关紧要的论说，一经关联到论主终生信守不移的价值理想——"建立在个人全面发展和他们共同的社会生产能力成为他们的社会财富这一基础上的自由个性"②，一种对马克思历史观的全然异样的理解便在我这里闪电般地发生了。就是说，我开始有了为我所心契的马克思。

我曾带着这些理解参加过几次学术会议，其中最可一提的是 1982 年 4 月召开于洛阳的"全国马克思主义哲学史学术研讨会"和 1983 年 4 月由北京大学做东道的"'马克思主义与人'学术研讨会"。我当然希望我的一得之见能够引出富有学术深度的回应，但由此引起的辩论却差不多一直纠缠在新思的起点处。不久，我因着学术而有了学术之外的麻烦，那时我甚至为提出问题的权利做一种自我辩护也已经相当困难。治学和做人的良知煎熬着我，我只是在这时才真正体会到孟子叹说"予岂好辩哉，予不得已也"（《孟子·滕文公下》）时那份心灵的沉重。1985 年 5 月，当我有可能凭着手中的笔为那被委屈了的道理再作申说时，我的研究已经折向别一个领域，但我还是回顾式地写了一篇题为《关于〈关于人的理论的若干问题〉的若干问题》（《新

---

① 《马克思恩格斯全集》第 3 卷，人民出版社 1960 年版，第 515 页。
② 《马克思恩格斯全集》第 46 卷上册，人民出版社 1979 年版，第 104 页。

华文摘》1985 年第 10 期）的文字。人们当然可以就此批评我的执着（在以乡愿化了的谦和为美德的世俗中责备这执着正是极自然的事），但我心中最清楚，那原只是出于双重的无奈：我无法对我了然于心的理致的见曲不置一词，我也不能不因着"理性的公开运用"的尊严，在无知的鞭笞下做一种远非主动的挣扎。

1988 年 2 月，我在《"有个性的个人"与"偶然的个人"》（《光明日报》1988 年 2 月 22 日第 3 版）一文中，对五年前衍论成书的见解作了挈要的宣说。不久，我在一篇题为《"个人自主活动"与马克思历史观》（《中国社会科学》1988 年第 5 期）的长文中，对那一直被搁置的书的中心命意作了系统阐发。

在又一个五年过去后，我终于有了出书的机会。十年前的旧著经过不小的补正，便成了这部《人韵——一种对马克思的读解》。斯宾诺莎的《神学政治论》问世时，自序的末段缀有一个声明，那中间透出的心境正和三个多世纪后我在发表我的逊色得多的文字时的心境不期而同，因此，我情愿把这些话一字不易地录在下面，以借他的声明来声明我自己：

我极愿把我的著作呈献于我国的治者，加以审查判断。他们若认为有什么与法律悖谬或有害于公众利益的地方，我就马上收回。我知道我既是一个人就难免有错误。但是我曾小心谨慎地避免错误。并且竭力和国家的法律、忠义和道德完全不相违背。①

1994 年 12 月 28 日

于北京西郊

（黄克剑：《人韵——一种对马克思的读解》，东方出版社 1996 年 5 月出版）

---

① ［英］斯宾诺莎：《神学政治论》，温锡增译，商务印书馆 1963 年版，第 17 页。

《黄克剑自选集》自序

辑集在这里的文字与时潮中热切的功利竞逐无缘，含蕴于其中的心灵所期待的是另一种生命的共感。

我们有幸落身于其间的尘世正上演着节奏明快的喜剧，在轻盈的巧智让一切都表演化了的场景中，步履浑重的哲学差不多早就是一个被取笑的角色了。但人生毕竟不能全然以利率的高下做价值折算，蓦然自审的良知有时也会向稍稍宁静下来的人们提示一份灵魂所必要的拙真。这部文集的忐忑编成只是为着那可能的蓦然的一刻的，它除开即使终究会失望也不能漠然无望外，并没有太清晰的希望。

集子中的文字略分为四篇："西学篇""中学篇""马学篇""困思篇"。"西学""中学"的指谓是一目了然的，唯"马学"之说不免突兀，但那只是因着中国的国情才勉为其难，强为之标称。"困思"则演自孔子所谓"困而学之"之"困学"，意即困惑中的思索。前三篇的文字虽不无论主独寻之断制，却重在中西哲学史的探究；末篇诸文则命意草创而自出机杼，多是涌自灵府的切己之言。对人的可能的"命运"和当有的

"境界"的寻问是淹通于全部文字的主脉，涵养于生命中的德慧是运思者心有存主的最后凭借。被重新赋予内涵的"自由"把散逸的灵感召唤在同一价值祈向下，由"文化错觉"概念所反显的"虚灵的真实"的意味，透露着新思酝酿的托底的秘密。

"中学""西学""马学""困思"四目分立的格局，可能带给人以学思所骛过于铺张的印象，其实隐衷原只是真正的无奈。一个有原创性天赋的西方学者，也许只需从一套西方的经典——从苏格拉底前后的古希腊哲学到当代的分析哲学、存在哲学、宗教哲学——汲取神思创发所必要的学养，一个晚清以前的明达的中国士人，大约也只需借助一套中国的经典——从《周易》、孔、孟、老、庄的诲示到周、张、程、朱、陆、王的洞见——就可以去做"学以致其道"的功夫了。但处于西方学术主导世界思潮之当代的中国学人，便不能不寻问两套经典以求精神的升进。这里的悉心以赴并不像体育竞技者对奖牌的摘取，在对学理的强探力索或对人生究竟的苦心求证中，挣扎着的是对早已浸润到自身的人间罪咎和苦情不能无动于衷的灵魂。当然首先是救住不进则堕的自己，但良知也还催动着那带着爱意之眷念的"类万物之情"。一种真正的世界视野或人类胸襟不可能属于没有民族个性的人；倘不偏落于一隅之私，人类的命运眷注其实也正通着民族的尊严关切。

然而，可以想见，这里的文字怕是不免于落寞的。落寞当然不是精神的正态，但寓了性情的文字倘果然无缘遇着它的知者，那或者还是落寞的好。

1996 年 10 月 18 日

于北京西郊

（《黄克剑自选集》，广西师范大学出版社 1998 年 11月出版）

《心蕴——一种对西方哲学的读解》自序

哲学并不就是理智的游戏，它借着运思的进退所透露的乃是心灵深处的蕴蓄。单从哲学的提问方式看，一部哲学史几可视为人类心智的诸多"错觉"的相续，但未可穷计的"错觉"却涵贯了真切得多的忧虞和祈向。这里的读解西方哲学的文字以"心蕴"为题，诚然不无配称于前著《人韵——一种对马克思的读解》之意，却也出于对心灵间的可能感通的更大期许：正像"人心皆有诗"的信念曾一直涵润着我心中那份不忍割舍的诗意一样，我对于人心皆有哲趣的执着亦是要在这个散文的时代为自己的灵府留住一点虚灵的人生眷注。我曾说过，同那些有深度的灵魂交往，不能没有与之相称的灵魂的深度，读解那以心血浇铸的文字，重要的在于神的锲入。这样说当然须是反求诸己的，因此，我倒情愿借读解他人的灵魂把自己的灵魂交付世人品题，而不论它如何自怯或有怎样的瑕疵。

西方哲学随着泰勒斯的"水是万物的始基"的命题的提出而诞生，此后被一再寻问的"始基"曾是希腊悲剧时代关联着"命运"的沉重得多的话题；当苏格拉底出于对"心灵的最大程度的改善"的关切而探询"美本身""善本身""大本身"时，哲学的重心开始归落于人的精神内向度上的"境界"的开启。依哲学史家们——无论是西方还是中国学界——惯常的说法，古希腊早期哲学的措思兴趣多在于"自然"，只是在苏格拉底（或者更早些的"智者"）之后，哲学才把更大的热情投向"人"。这一层理致分辨当然是可以理解的，但对此做如下勘正也许更合于哲学在希腊语中的处境：古希腊哲学的阃机自始即是系于"人"的，不过它的前期所萦怀的是人的未可自作宰制的命运，因而外骛为种种宇宙论的悬拟；从苏格拉底起，哲学的慧识开始属意于人的境界，于是牵系于人生意义贞定的形上价值祈向成为自勉着的精神的主题。

在基督教一统圣俗的年代，哲学的生机隐进了神学的蛹体。哲学从未被神学真正放逐，神学对哲学的役用同时即是哲学对神学的淘滤。《旧约》向《新约》转进的秘密固然在于命运形态的犹太教同境界形态的后苏格拉底哲学的相融互摄，而耶稣上十字架与苏格拉底饮鸩赴死的可比拟，也正相应于奥古斯丁与托马斯·阿奎那分别对柏拉图与亚里士多德以神学为绳墨的汲取。

近代西方哲学的日历是由布鲁诺被焚毙于罗马鲜花广场掀开的，这苏格拉底之后的又一位哲学烈士涂染给那个时代的是悲剧的底色。渗透着权利意识的理性在此后获得的信赖是前所未有的，但"自由"——自己是自己的理由——的价值祈向和由此必致的对个人的价值主体地位的认可，是这一时代的哲学的真正命意所在。康德哲学是哲学在新的运会下所达到的最富创发性的成就，这之前——从笛卡尔到休谟——的全部哲学运思似乎都在以各自的方式向此而趋，这之后的黑格尔的包罗万象的体系，则以其理性的逻各斯对"自由意识"的强制安排宣告了近代哲学的终结。

由叔本华的生存意志论开其端的现代哲学几乎无一不从冲决黑格尔的逻辑之网起步，但这与其说是在刻意批判一种哲学，不如说是在重新审视那被乐观地把握在思辨哲学中的整个时代。哲学所眷注的是一种文化危机，这危机涉及人的无待的心灵"境界"，也关乎有待的个我"权利"，并因此又牵缠到前程叵测的人类"命运"。卢梭早在 18 世纪中叶对"随着我们的科学和艺术的进于完善，我们的灵魂败坏了"的叹说，就已是对日见深重的"境界"危机的预告；马克思于 19 世纪中叶所说的在资本主义社会里"资本具有独立性和个性，而活动着的个人却没有独立性和个性"，则是对个人丧失其自作主宰的"权利"而被偶然化这一时代疾患的针砭。作为价值主体的个人原是近代西方憧憬未来的出发点，但由此生发的全部文化创造却最终吞没了创造者的初衷。这是人的自我异化。现代西方主流哲学几乎无一不是凝睇于人的自我异化及这一现象所由发生的人文原委的，它们只是取不同的视向才分别有了或侧重于"境界"

或侧重于"权利""命运"的人生关切。毋庸讳言，依上述措思线索对西方哲学的读解所凭借的是读解者自出机杼的价值形而上学。价值形而上学并不轻觑实证主义、逻辑实证论、分析哲学为消解传统的实体形而上学所做的努力，但在现代西方哲学的总格局中，却宁肯把这一系哲学视为主流哲学的一篇重要而"消极"的导言——如同康德在他的体系内措置纯粹知解理性那样。

本书分"通论篇""辨正篇"两部分，上篇通论西方哲学从古希腊到现代的大致走势，下篇则是就西方哲学中某些事关大端的问题对学界相沿成习的见解所做的分辨与匡正。"通论篇"未取一般哲学史的写法，对人物、思趣不做面面俱到的铺陈，只求于精微处有所抉发而以扼要的勾勒契其神韵。全篇略古详今，重涵淹于运思过程中的价值祈向，不以条分缕述其逻辑推衍为能事。末章"文化危机中的哲学寻觅"，原拟有"'结构'与'解构'"和"马克思的西方后昆们"两节，后因虑及前后篇幅的大体协调而略去。"辨正篇"中的文字非一时之作，大都发表于1994—1998年的《哲学研究》杂志，今辑集于此，以与"通论篇"相依互援。拙著《两难中的抉择》"后记"有谓"治学的底蕴原在于境界。有人凭借聪明，有人诉诸智慧，我相信我投之于文字的是生命"。值《心蕴》问世之际，重温故语，感喟多多。回想当年出此语时胸次朗然而无所牵顾，倘在今日或已不敢如此放胆。以生命治学是何等境界，非到心灵陶炼至纯正不昧处岂可漫言。

但话既出口，亦唯有竭诚自勉。文字付梓犹泼水难收，容有不当，愿读者教我。

1998 年 8 月 14 日

于北京西郊

（黄克剑:《心蕴——一种对西方哲学的读解》，中国青年出版社 1999 年 2 月出版）

《百年新儒林——当代新儒学八大家论略》自序

七年前，我曾主编"当代新儒学八大家集"。当岁月终于把编纂这套丛书的苦辛和波折化作一段尚可回味的故事时，中国青年出版社的潘平君建议我把当年撰写的置于各集卷前的品评性文字结集出版。这或者正应着"为七来复之"的兆语，我自然是分外乐意从命的。

自"八大家集"付梓后，我的学术兴趣再次转向西学，但未可逆料的机缘也使我时而返回先前的话题。为补足那蕴于前此文字的意致，我从后来为"新儒学"写下的文字中，选了《回到"我"自己，回到"人"》《当代新儒学人物品题》《在"境界"与"权利"的错落处》三篇，把它们作为附录，同正文一起辑于"百年新儒林"的标题下。

这以另一种方式再度面世的文字是幸运的，在它获得中国青年出版社的宠遇后，又蒙心曲相投的友人张志林先生应允为之作跋。志林乃分析哲学研究中造境高卓的专家，但足够的生命的张力也使他以非凡的慧识探向人文关切的深微处。月余，跋成。署名处谜一般地题了"至临"二字。"至临"

或只是"志林"的谐音吧？然而"至临"不也是《易·临卦》"四爻"的爻辞吗？但愿它挟着天人之际处的真切消息，带给国人之学术的是又一重内涵丰盈的希望。

1999 年 7 月 3 日

于北京西郊

（黄克剑：《百年新儒林——当代新儒学八大家论略》，中国青年出版社 2000 年 5 月出版）

《美: 眺望虚灵之真际—— 一种对德国古典美学的读解》自序

　　刚刚告竟的这部书稿并不就是计划中的目标，我起念把几年来读解德国古典美学的文字连缀成脉络相贯的一个整体，不会早于上一年的盛夏到来时。沿着审美之维走近康德、席勒、歌德、费希特、谢林、黑格尔，原是为了更称职地授课的，只是在后来，当神思疲顿时的蓦然一顾间，含着几分玄涩的那种美的感性微笑吸引了我。隐隐的感动中闪过一丝透向灵府的光，于是，我开始把这个对于我说来仍有不少陌生感的王国纳入我的另一种注意。

　　近 30 年来，我一直在为哲学服役。七年前来到一所大学的中文系任教后，虽对文学理论的理会不敢稍有懈怠，却也从未淡漠过同哲学的那份宿缘。像是一个蹩脚的跳高者，我早些年就自不量力地瞄住了"价值形而上学"的着思高度，可直到现在也没能找到为那断然一跃所当准备的起跑点。决心在延宕中，面对做了承诺的标高的一再后退，甚至使自己都难以说清退寻时的心境究竟是从容还是怯懦。大约总是需要慰藉的缘故，我又一次为自己的踌躇——因而许久地盘桓于德国古典美学——搜寻理由：上追古希腊学术风范的德国古典美学是发端于康德而重新构拟——以扬弃休谟难题为契机——的形而上学的产儿，如果连这里都是视野中的一个不小的盲点，何以敢期许自己去问津新一轮——以扬弃解构论的本体诘难为契机——的形而上学之再生的消息？这理由或者并不勉强，但愿它能像先前的诸多借故一样，最终不至于成为对自己因果然的惧怯而不再敢正视那一令人战栗的学术难题的印证。

诚然，即使单就审美心灵的陶染而言，在当下这个由"泛美"的鼓吹而使美愈来愈沦落为"媚美"（叔本华语）的时代，也有必要回味德国古典美学乃至苏格拉底、柏拉图所代表的那个"轴心时代"蕴藉之灵韵，以借着承载美的幽趣的感性性状去眺望一种虚灵之真际。"美"不入语言的囚牢，它自然不至就范于泛文本化的圈套。当语言被解构的狂欢者夸大为人生的天罗地网而由此罩给人们一种新的宿命时，"美"无意扮演弥赛亚的角色，它掉头不顾喜剧明星们的热闹庆典，只对那些拙真的灵魂默示一种天趣盈盈的境界。一如做了"美"的再度自觉之艺术先导的达·芬奇、米开朗琪罗、拉斐尔、莎士比亚、塞万提斯等人的作品永远不会成为历史的陈迹，德国古典美学从审美之维所祈向的虚灵的真实在人的心灵深处自有其非可拔除的根荄。人们当然可以责备"美其实是一种本原现象""审美判断是正题判断"一类说法的玄远，但如此言喻的不得已，正可以从美本身终究不落言筌获得相当的申解。毋庸讳言，这里对先哲典籍所做的读解虽不免于粗率，却仍是不能没有它的希冀。但愿从那已见远去的时代借来火种，趁着灵魂尚未失去的热情又一次燃起生命的圣火。

2004 年 5 月 15 日

于北京西郊

（黄克剑：《美：眺望虚灵之真际——一种对德国古典美学的读解》，福建教育出版社 2004 年 10 月出版）

《由"命"而"道"
——先秦诸子十讲》初版自序

在将"先秦诸子思想"作为一门课程为汉语言文学专业的研究生们讲授了八次后，我应刘景琳先生之约，把遗忘中先后留住的那些话语连缀成这部书稿。它多少借用了讲演录的体例，却并没有贪图时行的录音整理的方便。这是一次勉为其难的尝试，原想在尽可能浅近地陈述读解古籍的心得时，尽可能少地失去唯有曲尽其致的雅语才足以涵养的那份神趣，但临到遣词造句才知道这对于我终究还是力不应心。

大约15年前，我由考寻当代新儒学思潮的渊源开始回味那个产生过孔、孟、老、庄的时代。无可名状的向慕之情中多了几分敬畏和羞愧，一个早就过了不惑之年的学人第一次带着切己的生命遭际问讯于往古圣哲时的心境是亲切而紧张的。我曾迂回到柏拉图的直逼"理念"的"中的标准"（Medium）以反观孔子的"中庸"之道，也曾借重康德的起于"好的意志"的"至善"去探询儒者"明明德"而"止于至善"的心灵消息，但在最初的那些年里，见诸文字的多是对西学的讨究，而透露我对原始儒道思索踪迹的就只有《〈周易〉经传与儒、道、阴阳家学缘探要》和《孔子之生命情调与儒家立教之原始》了。近十年来，又一次的执教生涯把我放置在两种大得多的张力下，这张力一在于学术运思的跨度，一在于学人良知与学术生存环境的抗衡。前者从我先后讲授过的五门课中的两门可约略窥见——这两门课是"现当代西方文论专题"和"先秦诸子与中国人文精神"；后者却多少吐露在我应邀撰写的一篇学术随笔中，那文字中有这样一段话："名、利在通行的评价体制内的直言不讳使学人委身为欲望的奴隶，学术在遗忘了它的天职后遂变为学者们沽名钓誉的场所：从马克思那里讨学问的人，不再记得这位哲人的'要直奔真理，而不要东张西望'的告诫，言必称孔、孟的那些心性之学的祖述者，竟至会淡忘了那'羞恶''辞让'之心；修西学的人固然陌生了耶稣的境界和苏格拉底的风骨，而操着鲁迅口吻动辄嘲人以'正人君子'之流者，自己却成了真正的'小人'。"毋庸赘说，这两重张力以迥然不同的方式成全了我同"先秦诸子"的宿命般的学缘。

与苏格拉底前后的古希腊哲学处在同一时代等高线上，蜂起于春秋战国之际的诸子之学为中国的人文运会养润了生生不已的灵根。对"生"的眷注是深藏在中国初民心底的最动情的秘密，到了老子和孔子出现时，这在往后依然持续着的眷注的焦点发生了意味深长的转换。这转换可一言以蔽之为：由"命"而"道"。这之前，牵动着生死、利害的"命"意识是笼罩一切的；这之后，伴随却又穿透着命运感的"道"把人们引向心灵境界的提升。"道"是诸子绝唱这篇大诗的诗眼,从这里看入去,可分辨出老、庄以"道法自然"所"导"——"'道'本亦作'导'"(《经典释文》)——于人的是"致虚""守静""无为""复朴"的人生价值取向,可领略到孔、孟以"道(导)之以德"所指点于人的是"善""信""美""大""圣"这一"文质彬彬"、由"仁"而"圣"的心性陶养之途;墨家的"兼相爱,交相利"固然是以"天志"("道"的别一种命名)为最后依据对世人所立的一种教化,而法家在把"道"化作"南面之术"("人主之道")后所自觉致取的是"富"国"强"兵以雄视天下的功利效果,甚至惠施的"合同异"、公孙龙的"离坚白"之类"琦辞""怪说"也在有着特定价值内涵的"道"的烛引下"欲推是辩"以"化天下",而以"尚德"对"数术"做了点化的阴阳家在重新理会那无从摆脱的"命"时也由衷地瞩望于"道"。

"道"并不是半个多世纪来被人们说滥了的所谓"规律",也绝不可比附于以"不可挽回的必然"过重地牵累了古希腊人的"逻各斯"(λόγος)。正像路的拓辟和延伸只在行路人的脚下,"道"只在致"道"者真切的生命祈向上呈现为一种虚灵的真实。只有诗意的眼光才能发见诗意,历史中的良知也只有当下的良知才能觉解;在诸子不得已留下的言筌中与"道"相遇,乃在于以本己的生命体悟默然契接那有过至深体悟的生命。无疑,不论是传世文献还是出土文物,都只能活在富于生命感的阐释中,阐释者从阐释对象那里所能唤起的是阐释者自身生命里有其根芽的东西。虚灵的人文传承也许在于生命和历史的相互成全——以尽可能蕴蓄丰赡的生命由阐述历史而成全历史，以阐释中被激活因而被升华的历史成全那渴望更多人文润泽的生命。我称这种使生命和历史有可能相互成全的研究方法为生命化的方法。诚然，这方法同历来对学术的功利经营无缘，它承诺着历史的生机，亦当求证于生命的历史。

2006 年 3 月 13 日

于北京西郊

（黄克剑：《由"命"而"道"——先秦诸子十讲》，线装书局 2006 年 7 月出版）

《由 "命" 而 "道"
——先秦诸子十讲》再版自序

一

这是一部还算走运的书，在由线装书局出版四年后，又为中国人民大学出版社所看重。书的改版使我有机会对原版中的讹误和疏漏略做勘正和修饬，也使我得以趁着字句的斟酌再度回味那个出现在两千多年前而至今仍令人惊叹的诸子蜂起的时代。而且，为我所乐意的是，我正可借此就 "学的自觉" 的话题追写一段文字，以再版序的方式补述正文的未尽之义，并多少对 "学" 在当下尘海中的遭际——其愈益被了解为知识的记诵或技艺的袭取因而愈益为牵累于功名利禄的欲念所驱使——向有缘者做一种警示。

从一定意义上说，有了文（文籍）献（贤者）就有了 "学"。"学" 字在甲骨文中已见雏形，但其或可能指示某种祭祀活动，或用于人名 [①]，"学" 之为 "学" 的涵义尚在朦胧处酝酿

[①] 徐中舒主编《甲骨文字典》，四川辞书出版社 2006 年版，第 348—349 页。

中。"惟殷先人，有册有典"（《尚书·周书·多士》），这"册""典"当指甲骨卜辞、刻辞的有序辑集，而卜辞、刻辞及其有序辑集即隐示着学问意趣上的"学"的初萌。占卜意味着以趋利避害为祈求的华族先民对人难以操控的某种神秘力量的叩问，正是这叩问培壅了"学"的最初的根荄，尽管先民们因着那神秘力量而渐次产生的"命"意识这时还若现若隐、茫昧不清。

"《易》之兴也，其当殷之末世，周之盛德邪？"（《易·系辞下》）产生于殷周之际的《周易》朴讷而虚灵，其以"阴""阳"交感所演绎的一即是多、多即是一的象征系统，绍述了殷人由神话花蒂而来的"帝"崇拜中隐含的尚"生"意识，延续了占问之"学"的一线之脉。它不曾径直提出"阴""阳"的概念，但"－－""－"涵藏并默示了可表以"阴""阳"而不尽于"阴""阳"的微旨。"一阴一阳之谓道"（《易·系辞上》），这说法虽出于诠释《易经》的《易传》，然而以此概括"易"趣推演的总体格局及寓于其中的盎然"生"意则至为贴切。"易"之趣致首在于变易，变易的缘由乃在于阴、阳两种性态或势用的相互交感，而阴、阳交感所引致的变易中所默运着的却是一种"生生"的几赜。《易》以"人谋鬼谋"（《易·系辞下》）见用于占筮，只是吉凶休咎的卜问毕竟系着"天地絪缊，万物化醇，男（阳）女（阴）构精，万物化生"（《易·系辞下》）境遇下的非可究诘的机缘。阴、阳相摩相济以使森然万象生生不已诚然有其常则，但这常则并不就是定命；它为人乃至他物在一定景况中的可能选择留下了或大或小的余地，同时也因此使选择者遭逢种种未可逆料的或然情境。境遇的或然在中国先民那里催生了沉重的"命"意识，尽管这"命"与古希腊人所笃信的"命运"迥然有别。古希腊人心目中的"命运"，用伊壁鸠鲁的话说，乃是一种"不可挽回的必然"（伊壁鸠鲁《致美诺寇的信》）①。相对于"命运"这一"不可挽回的必然"，殷周之际的中国人所关注的"命"的或然性要大得多。古希腊的自然哲学——从泰勒斯提出"水是万物的始基"的命题到德谟克利特一味称述其涡旋运动的原子论——虽有对人的命运关切的背景，但所探讨的"始基"是纯然客在或先在于人的，中国古代"命"意识下的"人谋鬼谋"则始终有人的参与。单是因着这一点，中西之学在源头处即已有了微妙的分别。

以占筮方式卜问运数以做人事决断，这关系到天人之际的学问构成中国独特的史巫之学。史巫之学亦可谓史、巫、祝、宗之学或祝、宗、卜、史之学。巫、祝、宗、卜、史之职分皆与占问（占卜、占筮）、祭祀相系，其所司所问即构成当时最切要的学问。此之为"学"虽烦琐庞杂，但其初衷

---

① 北京大学哲学系外国哲学史教研室编译《古希腊罗马哲学》，商务印书馆 1961 年版，第 369 页。

终在于人生有待处的趋利避害、葆任生命。卜筮、祭祀之所祈不外生存际遇中的可能大的福佑，而总会带给世人以生机的鬼神上帝的可取悦、可凭靠则是巫、史、祝、卜、宗从来就笃守不疑的信念。《尚书》《国语》《山海经》等典籍都曾记述"绝地天通"的上古传说，其中《国语》所载楚国大夫观射父在回答楚昭王询问时对这一传说的叙述最为详尽。其云："古者民神不杂……及少皞之衰也，九黎乱德，民神杂糅，不可方物。夫人作享，家为巫史，无有要质，民匮于祀，而不知其福。烝享无度，民神同位。民渎齐盟，无有严威。神狎民则，不蠲其为。嘉生不降，无物以享。祸灾荐臻，莫尽其气。颛顼受之，乃命南正重司天以属神，命火（北）正黎司地以属民，使复旧常，无相侵渎，是谓绝地天通。"（《国语·楚语下》）事实上，这里所谓"古者民神不杂"只是托古以达到当下目的的一种说辞，"民神杂糅""民神同位"而"夫人作享，家为巫史"才是有权力"绝地天通"者要解决的问题。传说中的故事是无从考稽的，但它当是某种境况透过社会意识之棱镜时的折射。换句话说，以天人交通为务的巫、史、祝、宗之术曾有过一个从不同群落各是其是到权力集中的官府对其规范齐一的过程，史巫之学在公例意味上成其为"学"时业已是官家之学。

二

两周之际而至春秋末造，史巫之学的主导地位渐次为致道之学所取代，与之同步的是卜命的数术见绌于问道的教化。这时，堪以"轴心时代"之圣贤相称的老子、孔子出现了，可视为典型的中国式思想范畴的"道"被提了出来。"道"是对通常所谓"道路"向着形而上的升华，也是对春秋后期流行的"天道""人道"等说法的哲理化。"道"有"导"意，在老子那里，它贯洽天地万物，以"法自然"（《老子》二十五章）为人默示一种虚灵的生命境界。老子以"素""朴"论"道"，也以"素""朴"说"德"，他引导人们"见素抱朴"（《老子》十九章）、"复归于朴"、"复归于婴儿"（《老子》二十八章），所"道"（导）之"德"超越世俗功利而一任"自然"。这由"自然"之性分引出的"道"，已不再像先前人们分外看重的"命"那样使人陷在吉凶休咎的考虑中，而是启示人们"致虚极，守静笃"（《老子》十六章）以脱开一切外在的牵累。比起老子来，主张"道之以德"（《论语·为政》）的孔子显然更可比拟于"轴心时代"出现在古印度的释迦牟尼、出现在古希腊的苏格拉底。他由内在于人心的那点"仁"的端倪、由人的性分之自然提升出一种应然的"仁"的价值，从老子所说"道法自然"的那个"自然"出发，却不停留在"自然"处。从人的性分之自然引出"仁"，这很像苏格拉底在古希腊哲学中所做的那样，"求援于心灵的世界，并且到那里去寻求存在的真理"（柏拉图:《斐多》）①；从明证于人心的"仁"的根芽自觉地推绎出"仁"而"圣"的虚灵之境以确立和弘扬一种"道"，这又很可以与苏格拉底从人心中经验到的"美""善""大"的观念推绎出"美本身""善本身""大本身"（柏拉图:《斐多》）②相比拟。苏格拉底的学说以人的"灵魂的最大程度的改善"（柏拉图:《申辩》）③为宗趣，而孔子"志于道，据于德，依于仁，游于艺"（《论语·述而》）所要确立的又正是所谓"成德之教"或"为己之学"，即一种成全人的道德品操的教化或一种为着每个人切己地安顿其心灵的学问。如果说苏格拉底前后古希腊哲学命意的演变可一言以蔽之为"从'命运'到'境界'"，那么，老子、孔子前后古代中国人心灵眷注的焦点的转换正可一言以蔽之为"由'命'而'道'"。

与"道"的观念的确立相应，孔、老之后的"学"的趋尚已渐次由史巫那样的数术转向"为道"或"致道"。在此同时，"学"之为"学"本身也愈益臻于自觉。孔子于《易》有"吾求其德而已，吾与史巫同途而殊归者也"④之说。其实，曾为"周守藏室之史"而终于"自隐"做了"隐君子"（《史记·老庄申韩列传》）的老子与囿于数术的史巫们又何尝不

---

① 北京大学哲学系外国哲学史教研室编译《古希腊罗马哲学》，第175页。
② 同上书，第176页。
③ 同上书，第149页。
④ 《马王堆帛书·要》，《道家文化研究》第三辑，上海古籍出版社1994年版，第435页。

是"同途而殊归"。老子"尊道而贵德"(《老子》五十一章),孔子"志于道,据于德,依于仁,游于艺",皆以"道德"为其学说之要归。尽管老子的"道德"在于"法自然",孔子的"道德"终究"依于仁",但无论是"法自然"还是"依于仁",都是对当下尘垢世界之利欲奔竞的脱开或超出。孔门"志于学"固然在于"学以致其道"(《论语·子张》),而老子所谓"为学日益,为道日损"(《老子》四十八章)看似将"为学"与"为道"对置,却也同样是在喻示一种"为道"之"学"。其所称人"法地""法天""法道""法自然",乃是要人取法"自然"的"作而弗始,生而弗有,为而弗恃,功成而弗居"(《老子》二章),这"弗始""弗有""弗恃""弗居",一言以蔽之即是"不争"——不为个我乃至族群、人类的一己之利欲而争。老子强调"学不学"(《老子》六十四章),其"不学"之"学"即是"自然"之"学",而"法自然"则正可谓"学"("法")那"不学"的自然。不过,老子除倡导"绝仁弃义""绝巧弃利"外,毕竟也主张"绝圣弃智""绝学无忧"(《老子》十九章)。"绝学"之说使老子之学置自身于一种难以自解的悖论中:人"法地""法天""法道""法自然"是人自觉地"法",自觉地以"自然"为"法"而趋于"自然"则已不再是本来意义上的自然而然的"自然"。老子以其"若反"之"正言"(《老子》七十八章)曲尽不可道之"道"的玄致,没有对人生的究竟有所觉识并且因此对前人留下的人世沧桑的道理有所"学"则不可想象。以其饱学海人以"绝学"是老子之学的自相扞格，这扞格表达了道家在消极意味上所达到的"学"的自觉。

与老子大相径庭，"学"的自觉在孔子这里更富于积极意义，这"学"的自觉与孔子之学本身全然相应。孔子"好学"以至于"学而不厌"（《论语·述而》）而作"学而时习之，不亦说乎"（《论语·学而》）之叹，颜回"好学"以至于"一箪食，一瓢饮，在陋巷，人不堪其忧，回也不改其乐"（《论语·雍也》），但孔子自称非"多学而识之者"（《论语·卫灵公》），其所学乃一以贯之于"道"。孔子不像老子那样排斥"学文"，只是他所谓"学文"总是关联着"学道"的，因此他的"讲学"并不脱开"修德""闻义"以"迁善"（《论语·述而》）。"仁""知""信""直""勇""刚"是心灵可感通的人们普遍认同的六种德行，人们因其各自的气质，或更大程度地"好仁"，或更大程度地"好知"，或更大程度地"好信""好直""好勇""好刚"，这固然是情理中当有的事，但如果只是一味滞留在为气质所左右的"好"上，不以后天的"学"更准确地把握各种德行应有的分际，那就有可能使这些原本可称道的德行生出相应的弊端，所以孔子分外强调说："好仁不好学，其蔽也愚；好知不好学，其蔽也荡；好信不好学，其蔽也贼；好直不好学，其蔽也绞；好勇不好学，其蔽也乱；好刚不好学，其蔽也狂。"（《论语·阳货》）孔子如此劝勉人们以"好学"辅正对六种德行的所"好"，诚然重在启示各趋一偏的所好者学"礼"——这从他所谓"恭而无礼则劳，慎而无礼则葸，勇而无礼则乱，直而无礼则绞"（《论语·泰伯》）可以得到印证，但对于他说来，这并不落在"玉帛"之表的"礼"从来都是统摄于其"朝闻道，夕死可矣"（《论语·里仁》）的那种"道"的。孔子所创始的儒家之学是从人的生性或天性——"天命之谓性"（《礼记·中庸》）——处说起的"为仁"之学，亦即"为人"之学，这把"仁"而"人"、"人"而"仁"在人的生命践履中"合而言之"（《孟子·尽心下》）以求其极致的学问自有其道：人唯有"学道"才能"弘道"，亦唯有"弘道"才能"学道"；"道"在人的"学"而"弘"之中对于人呈现为"道"，人在"学道""弘道"中成其为人。

三

与"学"之"为道"或"致道"取向形影相从，"学"本身的内涵或"学"之为"学"的意趣在孔子的时代亦臻于确定。《说文》释"学"："学，篆文'斆'省""斆，觉悟也。"（《说文解字》卷三下）《白虎通义》云："学之为言觉也，以觉悟所不知也。"（《白虎通义·辟雍》）《广雅》释"学"："学，觉也。"（《广雅·释诂四》）《广韵》亦释"学"："学，觉悟也。"（《广韵·觉韵》）不过，此所谓"觉"或"觉悟"绝不是离群索居者的苦思冥想所能奏效的，所以《广雅》又释"学"："学，效也。"（《广雅·释诂三》）"效"不是为效而效的那种外在模仿，而是为了"觉"，因而"效"的过程也即是"觉"的过程。诚然,以"觉"或"觉悟"释"学"是汉以降的儒者所为,但"学"之"觉"义则确已见之于春秋战国之际的典籍。

"觉"意味着所"学"对于"学"者的心灵有所默示而对其生命有所触动,这"学"而"觉"之的祈求决定了自觉于春秋战国之际的中国人的学问的精神性状。它的重心不落于知识的记诵,也不落于概念的推理。老子、孔子之学皆可谓"为道"或"致道"之"学",而"道"绝不就是可为言诠所条分缕析的知识。当老子说"道,可道也,非恒道也"(《老子》一章)时,他所告诫于人的当正如庄子所谓"道不可闻,闻而非也;道不可见,见而非也;道不可言,言而非也"(《庄子·知北游》),但不可"闻""见""言"的"道"终是可以心"觉"而意"悟",否则他便不必以洋洋五千言道其所不可道,言其所不可言了。老子于其"道"必有所"觉悟",他道其不可道之"道"亦必有冀于他人对此"道"有所"觉悟",这是以先觉点化后觉。如此点化即是一种"教",尽管老子称其为"不言之教"(《老子》二章、四十三章);领受如此点化而终于对先觉之所觉有所"觉"即是一种"学",尽管老子倡说的是"学不学"。人"法地""法天""法道""法自然"之"法"乃为效法,亦未尝不可径称之为"效",但人果能效法"自然"而得其真际,必在其"效""法"中会对"自然"所以为"自然"有所"觉"——此"法"此"效"而此"觉"正是"学,觉也"之"学"。老子施教,或对"道"

之性态"强为之容"(《老子》十五章），或设譬以喻而对"道"之玄致婉转开示，其"正言若反"却又处处诱人"觉"其"道"而"悟"其"德"。老子"绝学"以"学不学"而终于成其一家之学，此学重"觉悟"而厌弃"一察"之识，却亦毕竟可"学"。

孔子之"道"植根于人心之"仁"而弘大于"为仁"之人，"道""仁"虽不远人，但领会"仁"之为"仁"、"道"之为"道"却不在于人的辨析，而在于人之"觉悟"。不像老子那里"为学"与"为道"终有所隔，孔子随处称举"学"却总在于"为道"，这"学"是别一种价值取向上的"觉悟"之学。孔子诲人"学道""为仁"多以"近取譬"(《论语·雍也》）为教，从不诉诸"名""言"的界说。诸多弟子问"仁"，孔子从未给出过某个可诵记的齐一答案，其种种随机指点只是要不同的问疑者在"求诸己"的具体情境中对于"仁"有所省觉或有所体悟。孔子施教的另一重要方式为品题人物以对其弟子或时人作"为仁""学道"的范本引导。"人能弘道"，"道"必呈现在人的自觉"为仁"的践履中。据此，孔子得以理所当然地把对难以言传的"仁""道"的疏解转换为对那些在为"仁"致"道"上具有范本作用的人的评说。未可尽言的"仁""道"在被品题的人物——诸如颜渊、仲弓、闵子骞、伯夷、叔齐、泰伯、文王——那里生命化了，那些"志于仁""志于道"者有可能从认可和效法如许范本人物的过程中获得关于"仁""道"的启示。这由"效"而"觉"正是孔子所要倡导的儒家之"学"。子夏所谓"贤贤易色，事父母能竭其力，事君能致其身，与朋友交，言而有信。虽曰未学，吾必谓之学矣"（《论语·学而》），是对这由"效"而"觉"之"学"的印可；孔子所谓"君子哉若人（子贱）！鲁无君子者，斯焉取斯"（《论语·公冶长》），正可说是对这由"效"而"觉"之"学"的点破。

"古之学者为己，今之学者为人。"（《论语·宪问》）孔子这句托重古人以强调"学"而"为己"的话是就儒家之学旨归于人的心灵境界的提升而言的，老子不曾有过类似的说法，但道家之学的趣致依然在于人的灵府的安顿。儒、道两家致"道"而立"教"皆有其毫不含糊的价值取向，价值弃取并非完全与认知无缘，但其最终须待心灵的"觉悟"，亦须由这"觉悟"引出那见之于生命践履的信念上的决断。儒家"依于仁"，道家"法自然"，孔、老虽价值异趣，却都因其价值追求而使其学同为"觉"或"觉悟"之学。"道"在春秋战国之际作为系着人生终极趣向的虚灵而至高运思范畴的出现，标志着中国历史文化的"轴心时代"一个节点的莅临，它从大端处决定了往后的中国学术或学问——近现代中国人称之为"国学"——的非以逻辑思辨为能事的"觉悟"的品格。

两汉之际传入中国的佛教以"佛"为"觉者"，这同先秦以至西汉诸子以"觉"为"学"之底蕴的学术趋求不期而应。自此以降，儒、佛、道三教由其相异且相通所构成的张力决定了中国之学重修己、重"觉悟"的主导走向。始自清末民初，传承两千多年的故有之学的"觉"的性状被以知解、分析为能事的学尚所遮蔽，而利欲驱动下的近代西方主流科技在创造了前所未有的物用上的奇迹后，也使为它所引领的当下世界文化陷入危机。来自多方面的警示是严正的，人类或当松开过重的功利化、操作化的执着，在对人文运会的嬗变做更深永的反省时重新认可"学"的"觉"或"觉悟"的品格。诚然，这"觉"或"觉悟"可不必局守于非对待性向度上的心性修养，但当其被推扩到对待性向度上的文化创造时，它亦意味着对这创造所取方向、途径的眷注与裁度。真正的进取永远离不开富于历史感的回溯，有着"学以致其道"传统的中国自应为自己因而也为人类找回那深植于诸子蜂起之际的运思灵根。这是"觉"的学缘的接续，是古今生命的相契，它把一种不无悲剧感而未可推诿的人文使命赋予了当代中国学人。

2010 年 4 月 20 日
于北京回龙观

（黄克剑：《由"命"而"道"——先秦诸子十讲》（修订版），中国人民大学出版社 2010 年 7 月出版）

《论语疏解》自序

这是我第一次撰写疏解性文字，有幸借此以别一种方式谛听孔子的训诲，却也因此在感通古今的字斟句酌中惴栗于自身生命局量的不足。

历来注释《论语》皆以剖章析句为能事，罕有学者统摄诸章以探究其所在篇帙的总体意趣。作为一种尝试，这里的疏解由章而篇而又由篇而章，在经心于章句的辨析时，也对那些看似互不连属的章句间隐然贯穿的线索有所留意。从松散的篇章结构中寻找某种可依篇疏解的措思头绪，原出于这样一种预断：《论语》分篇辑录"孔子应答弟子时人及弟子相与言而接闻于夫子之语"（《汉书·艺文志·六艺略序》）绝非随机杂凑，其编纂者集取先师话语时不可能不融进自己对所辑话语的理解；试图经由《论语》走近孔子的人，首先不期而遇的当是儒学境域的引路者，他们把散落的夫子遗句有序化了，也因此辟出了一条可望进到孔门而登堂入室的蹊径。

与依篇疏解构成一种互补，这里对章句的理会除字词、句脉的必要训释外，尚颇重相关古籍对其意之所属的印证。

《论语》所辑孔子之言或孔门诸贤论学而闻自夫子之语大都语境不详，欲较准确把握其旨归所在，不可不参酌去夫子立教未远之战国以至两汉遗籍。此种援引诸文献以作疏证的文字约分两类。一类为《论语》章句的互证，如以《卫灵公》第十九章"君子病无能焉，不病人之不己知也"，印证《学而》第一章"人不知而不愠，不亦君子乎"；以《先进》第二十一章"论笃是与，君子者乎？色庄者乎"，印证《颜渊》第二十章"夫闻也者，色取仁而行违，居之不疑"；以《述而》第二十六章"善人，吾不得而见之矣，得见有恒者，斯可矣"、《子路》第十一章"善人为邦百年，亦可以胜残去杀矣"，印证《先进》第二十章所谓"不践迹，亦不入于室"的"善人之道"等。另一类为引用其他著述（经、史、子、集）以证知《论语》章句，如以《礼记·中庸》所谓"礼仪三百，威仪三千，待其人而后行。故曰：苟不至德，至道不凝焉"，参校《论语·八佾》第三章"人而不仁，如礼何？人而不仁，如乐何"；以《孟子·公孙丑上》所谓"夫仁，天之尊爵也，人之安宅也"，参校《论语·里仁》第一章"里仁为美。择不处仁，焉得知"；以《孟子·离娄上》所谓"得天下有道：得其民，斯得天下矣；得其民有道：得其心，斯得民矣；得其心有道：所欲与之聚之，所恶勿施，尔也。民之归仁也，犹水之就下、兽之走圹也"，参校《论语·颜渊》第一章"子曰：克己复礼为仁。一日克己复礼，天下归仁焉"等。书中疏证所用文献唯求精当、简约，不以博采广纳为胜，倘文献之间不无扞格，则亦务必在比勘、校度之后决断其弃取，以免因其杂然并陈而使人不得要领。诚然，对章句的疏证未必只是篇帙疏解的佐证，但视野更开阔的疏解毕竟决定着章句疏证所不可能没有的义理导向。

如果说章句的疏证重在以古证古，章句而篇帙的疏解重在以今解古，那么，那些由古而今的移译所勉力求取的则在于以今切古。这切是切其理、切其境，也是探其蕴而会其神。切古一如证古、解古，并不只在于诉述一种慕古的情思；在证古、解古而切古的起念处，寓托着的其实是一份心有所通、性有所系而道有所契的生命化的期冀。

我深知，在《论语》"热读"的当下如此疏解经籍未必合于时宜，然而肩负着人生难以名状的忐忑和沉重，仍不能不就此对翘企中的人文运会做某种近于无望的祈告：但愿留住几希学苑的尊严，还孔子些许不可再少的庄重和从容！

2008 年 5 月 4 日

于北京西郊

（黄克剑：《论语疏解》，中国人民大学出版社 2010年 5 月出版）

《名家琦辞疏解
——惠施公孙龙研究》自序

　　这本小书所属意的对象是寂寞的。无论是惠施"南方无穷而有穷""今日适越而昔来"之类的怪异命题，还是公孙龙"坚未与石为坚而物兼，未与物为坚而坚必坚""物莫非指，而指非指"之类的晦昧思致，其在两千多年的冷遇中几乎一直悬若哑谜。前贤或蔑称之以"辟言"（荀况）、"诡辞"（扬雄），今人对之亦多有"帮闲"（郭沫若）、"诡辩"（侯外庐）之讥。间或有知者探其幽趣而不无所得，但神思所至以达于通洽、贯综之领悟则终嫌未足。

　　诚然，在史家（司马谈、司马迁）和目录学家（刘向、刘歆）那里同被称作"名家"的惠施、公孙龙，其名辩之微旨皆在于"正名实"，但二者之趣致毕竟相异而不相袭。如果说惠施重在据"实"——位移或变化于时空中的有形之实——置辞而使"名"之所言常在亦"生"亦"死"、亦"今"亦"昔"、亦"有穷"亦"无穷"的同异"两可"之际，那么，公孙龙则重在引"名"——以一类事物或此类事物某一性状之共相的极致情境为标准——而验证事物在怎样的程度上合于其共相之"实"。前者在于"合"此事物与彼事物或某事物的此时与彼时的"同"与"异"以对其做一体把握，而以"名"（概念）对如此之把握做一种描述时遂不免歧出于惯常的合于形式逻辑的言说方式，其名辩特征可一言以蔽之为"合同异"；后者却在于将用作指称事物某一性状之共相的"坚""白"诸概念"离"物、"离"相而视之，由"离"而求得独立"自藏"的"名"（概念）以"正其所实"，其名辩特征可一言以蔽之为"离坚白"。"合同异"与"离坚白"并非是彼此对立而相互驳诘的：其"合"只是"合同异"而非"合坚白"，其"离"也只是"离坚白"而非"离同异"，立于绝对的"名"以说"离"与立于相对的"实"以辩"合"，"离""合"反倒不期然构成名家论辩名实的某种默然相契的运思张力。

一如儒、道、墨、法、阴阳诸家各有其好恶迎拒，名家的引人骇诧的诡谲之言亦寓托着执着的价值取向。对世人做"泛爱万物"的规劝是惠施"合同异"之辩的立意所在，而公孙龙对指示某种理想或极致境地因而具有绝对性的"名"的称举，则试图借重其有着"兼爱"祈愿的"离坚白"之辩"以正名实，而化天下"。但无论如何，名言惯例在惠施那里打破，赋有绝对性的"名"在公孙龙那里得以成就一种逻辑意味上的理想主义，这蕴于其间的不同于儒家伦理、道家玄理的所谓"名理"，毕竟更能述说名家何以成其为名家。名家的名理在一个特定向度上把人文眷注引向对言喻分际的措意，而如此所示导的"名"的自觉或语言对其自身的辨析或正是名家在思想史上所做出的独异而至可称道的贡献。

本书由觅求惠施、公孙龙诸命题之阃机入手，鹄的却在于探取名家语言自觉之真诣。书名《名家琦辞疏解》之"琦辞"一语出自《荀子·非十二子》，不过荀子所谓"治怪说""玩琦辞"是对惠施之机辩的诟责，而这里引"琦辞"以指示惠施、公孙龙的奥诡之言，则已转换其意指。"琦"通"奇"，"奇"有怪异、冷僻之义，亦有新奇、精辟之义，荀子在前一种语义上以"琦辞"为怪僻之辞，这里则在后一种语义上以"琦辞"为奇异、精深之语。此外，"琦"之本义为"美玉"，本书以惠施散落之遗句或公孙龙孤行残存之篇章为"琦辞"亦不无称叹其珍奇可贵之趣。

与古哲灵魂的神交须得一种足够重的生命的担待，然而当以如此的担待历经又一次经虚涉旷的劳作后心境亦复归于孤寂。友人王乾坤先生品评拙著《由"命"而"道"——先秦诸子十讲》时曾说："黄克剑的学术创获与自如得益他的价值（形上的）拱心石，但依我看这拱心石同时也将他置于左右不逢源的学术境遇中。正如马学、西学（我亦积年累月经心于马克思哲学和西方哲学。——引者注）不曾向他伸出多少橄榄枝一样，我估计方兴未艾的国学热也不会向他表示太多的友情……在大众中，'穷根究元'几乎没有可能获得支援。这样的际遇当然有着时代的或然之因，但亦正是本体上的、宿命的。这是中外历史上无数案例所昭示了的。"在一切被这样最后料定后，一个百无一用的书生竟还可以期待什么呢？或者苟延于故纸的余生亦只能接受他的无可如何的规勉："这'孤魂野鬼'还得做下去，也许永远。"

2009 年 9 月 28 日

于北京回龙观

（黄克剑:《名家琦辞疏解——惠施公孙龙研究》，中华书局 2010 年 2 月出版）

《名家琦辞疏解
——惠施公孙龙研究》后记

循着先前撰述的惯例,《名家琦辞疏解》只是在竟稿后才问讯它可能出版的机缘。8月30日,我冒昧致书中华书局的徐俊先生,书云:"我有一书《名家琦辞疏解——惠施公孙龙研究》竟稿,欲呈进贵局出版。现将拙稿之目录、简介('新意举要')、两节正文及作为其附录的已发于《哲学研究》的两篇论文送上,请审正,并愿尽快予以回复。"书后又加了一则附注:"本人治学三十余年,从未申请过以任何形式提供经费赞助的课题,如因未能许以资补而有违时下之常例则望见谅。"半个月后,中华书局哲学编辑室的张继海先生回函称:"书稿质量很好,拟可以考虑接受出版。"于是,相关事宜很快便谈妥了。

这是一个书市喧阗而学术落寞的时代,原本孤冷的《疏解》能有如此际遇亦可算是幸运的了。治学不易,出版亦不易。拙著问世在即,容我向中华书局诸学术同人致以诚挚的谢意!

2009 年 11 月 6 日

于北京回龙观

（黄克剑:《名家琦辞疏解——惠施公孙龙研究》,中华书局 2010 年 2 月出版）

《黄克剑论教育·学术·人生》序

一

1952 年秋天，我在汧河边的杨家沟小学读书了。

杨家沟小学设在一个不大的关帝庙里。现在还朦胧地记得刚进学校时看了很久的关帝的塑像，那模样是肃穆、威严但似乎并不可怕的。不算太大的庙宇，有正殿、后殿和偏殿，雕梁画栋，五彩缤纷。同村子里那些房子和窑洞比起来，这里显然算得上是另一个世界。我很快就喜欢上了这里的壁画，在不大的几面墙上，差不多画着大半部"三国演义"。这是我最早看到的连环画：一幅画接着一幅画，每个画面都是一个动人的故事。画面之间并不用线条作分界，融进画里的山石、城垛、云雾、水波起着间隔上下左右大小不等的画面的作用，整个一面墙壁甚至几面墙壁看上去又是一幅大的彩绘。孔夫子的庙通常是被称作"文庙"的，按理相推，关帝的庙大约就可以叫它"武庙"了。我是在"武庙"里开蒙的，可启蒙的老师却要文弱得多。他叫王发兴，是当时这所学校仅有的一位老师。在由关帝庙的偏殿改成的一间教室里，他教着全校仅有的两个年级的 30 多个学生。

应当说，我的启蒙老师的课讲得并不怎么动人，但他在课堂上讲的"太阳和风比本领"的故事还是很好听的。那故事是课文里有的，经老师连说带比画地一讲，儿时懵懵懂懂的心里像是有一道光闪过，这之后再也没法忘记。故事的情节很简单，说的是风和太阳赌输赢，看谁能把一位匆忙赶路的人穿在身上的大衣脱下来。风对太阳说：你输定了，看我的吧。于是风用足了气力朝着行人刮过来。结果，那人被风一吹，觉得身上冷，反倒把大衣越裹越紧了。风吹累了，不敢再说大话。这时太阳说，还是让我试试吧。它从云层里悄悄露出脸来，笑眯眯地把暖暖的光照在行人身上，不一会儿，走路的人热得出汗了，倒是自己动手把大衣脱了下来。这故事我一记就是近 60 年，它在我心里不知复述了多少次，每一次都会回味到一些有意思的东西。也许王老师早已忘掉我这个在老师和同学面前总有点怯生生的样子的学生了，可我到现在还记得他讲故事时的神情。

后来，杨家沟小学添了一位新老师。新老师像是姓顾，是一个刚从师范学校毕业的年轻人。他给我们教音乐、图画和体育。从他来了后，这座很有了些年头的关帝庙里，开始出现口琴的声音。在二年级第二学期，六一儿童节快要来的时候，顾老师把我叫到他的住处。他告诉我说，他打算成立一个 30 人的歌咏队，到张家崖小学去参加全区小学的歌咏比赛，并选中了我做歌咏队的指挥。我说，我不会打拍子。

于是他就在靠墙放着的一面大鼓上用粉笔画了正反相背的两个"6"字，让我两只手顺着笔画做练习。练了没多久，我就可以一边哼着歌，一边有节奏地挥动手臂了。第二天，我开始站在歌咏队前学着作指挥。唱的是"六月里花儿香，六月里好阳光"那支歌，还有"团结就是力量"。那一年的歌咏会办得很热闹，在这之前，我从来没见过那么多孩子聚在一起唱歌的场面。比赛的结果是张家崖小学——十多所小学中唯——所完小（完全小学）——得了第一名，杨家沟小学得了第二。那时，老师和同学们都很高兴，回校后老师奖给我一支铅笔和一本用一角五分（那时叫一千五百元）钱才能买到的练习簿。

二

上完二年级，我转学到了张家崖小学。这学校在一座比杨家沟的关帝庙大得多的二郎神庙里。二郎神的塑像早就没有了，我是从残留的壁画上看到他的模样的。大约是更古老的缘故，这个长了三只眼睛的神有着比附近的关帝庙还要大的住所，而当地的人们对他的膜拜一点也不下于对关帝的崇敬。

二郎神庙里的壁画也有我喜欢的，比如那上面骑着五色神牛、样子有点像关帝的黄飞虎，还有那个踩着一对冒火的轮子像是一个再也长不大的孩子的哪吒。姜子牙手持杏黄旗、打神鞭指挥若定的神态，广成子祭起翻天印逼退闻太师的场面，都画得栩栩如生；老子在壁画中成了太上老君，那上面讲的不再是"道,可道也,非恒道也"的"隐君子"的道理,而是一个顶级的斗法者"一气化三清"的诡异故事。

在张家崖小学,许多事就像走路时留在地上的脚印,很快就被遮盖或是变得模模糊糊的了,但有些事还是忘不掉。记得是三年级的第二学期,有一天下午,班主任仝怀金老师拿了一份图书目录到班上来,说是学校的小图书馆这天下午对三年级学生开放,每个人都可以借一本书看。仝老师告诉同学们,谁想借什么书,自己从书目中选,选好后由他统一办理借阅手续,借出的书允许看一节课时间,看完后再由老师把书收在一起,还给图书馆。我是第一次借图书馆的书,看着书目中陌生的书名,眼花缭乱,不知该选哪一本。后来,在老师的催促下,我选了一本叫《狡猾的士兵》的书。匆忙中选这本书,可能唯一的理由就是书名有点怪吧。不一会儿,书到了我的手上,我急不可耐地打开就看,连书的作者是谁都没顾得上看一眼。书中的故事很快就吸引了我,那是说:从前,有一个落单了的士兵,走得又渴又饿,就到路边的一个小村里去找吃的东西。他到了一个老太婆的家里,恳求老太婆给他一口饭吃,老太婆很吝啬,推说家中什么吃的都没有。饥肠辘辘的士兵正在无可奈何时,突然看到屋子角落里放着一把斧头,心中一下子有了主意。他对老太婆说,老奶奶,你家中不是有把斧头吗?我可以用斧头来做汤,那汤味道很不错的,想不想尝尝?老太婆从来没听说过斧头也可以煮汤,很想知道这是怎么回事,于是就把斧头递给了士兵。

士兵把洗干净的斧头放进锅里，加上水就煮了起来。煮了一会儿，士兵用勺舀了一点尝了尝，咂咂嘴说：多好喝的汤啊，可惜没有菜，要是有点菜就更好了。老太婆一听连忙拿来了菜，士兵把菜放进锅里又煮了起来。接着，他又尝了尝，咂咂嘴说：比刚才又好喝了，就是缺点马铃薯，能加点马铃薯，那可就太香了。老太婆听了，二话没说，又把家中的马铃薯拿了来。马铃薯差不多煮熟了，士兵在锅里放了点盐，一尝，忍不住叫起来：老奶奶，你就要喝到最鲜美的汤了！不过，要是再有点奶油，那可就是什么汤也没法比的了。馋得流口水的老太婆赶紧再去拿奶油，她简直就是一路小跑了……汤终于做好了，士兵请老太婆坐下来一起喝汤，老太婆一边喝，一边没完没了地夸这美味的斧头汤，夸那位竟然会用斧头做汤的士兵。

斧头汤的故事真像是一道奇特的汤，一个小学三年级的学生还品不出太深的味道，但它有后味。在往后的许多年里，我还会不时地品尝它，而且，真的是越品越觉得有味。可是不知道为什么，张家崖小学的图书馆在那次以后再也没有对学生开放过，而像《狡猾的士兵》这类书，在我小学毕业后，也再没能借到或买到过，更不用说像小时候那样有滋有味地去阅读了。

三

1958 年，我小学毕业，考取了离家 30 多里的周原中学（现宝鸡市第十八中学）。周原中学是一所典型的农村中学，起先也在一座神庙里，后来才有了四周都是耕地的新的校舍。从家到学校，要爬好几道坡，穿过好几个村子，还要经过一条十多里长的荒僻的崖沟。那沟叫老虎沟，传说五代时的名将李存孝曾在这里打过虎。沟并不很深，但很少有人过往。一到秋天，沟两岸连成片的玉米和高粱高高地长起来了，风一吹，常有一种河水暴涨那样的使人心动神摇的声音在沟中回荡，气氛分外瘆人。我在那沟沿的小路上走了三年，有时和一两个伙伴一起走，有时落单了，就边走边吼那学得半生不熟的秦腔戏为自己壮胆。我会唱《二进宫》中的段子，也唱《周仁回府》中的段子，但唱得最多的还是《苟家滩》中王彦章唱的那段戏词——"王彦章打马上北坡，新坟更比旧坟多。新坟里埋的汉光武，旧坟又埋汉萧何；青龙背上埋韩信，五丈原前葬诸葛。人生一世莫空过，纵然一死怕什么……"

初中生活是难熬的，三年的时间显得格外漫长。刚到校的那一年，我和我的十多个远路的同学，寄宿在学校附近的一间简陋的土坯房里。那房子原是一个生产队的马厩，我们把那里收拾干净，在地上打起草铺，它就变成了我们的宿舍。起先，这所刚办起来的中学还没有学生食堂，学校只在校园的一个角落里为我们寄宿的学生砌了个烧开水的灶。寄宿生每星期回家一次，星期六下午离校，星期日下午返校，从家中带来足够一星期吃的面饼和窝头。我和我的同学们就这样每天啃窝头，喝开水，做无偿的建校劳动，上那常常是安排得很紧的各种课。在初中的三年里，寄宿生的用水都是学生自己轮流从井里打上来的。学校所在的那个村子，井深36丈，我们按当地人的做法，用100多米长的牛皮井绳，在绳两端分别拴一只桶，摇着辘轳一上一下地汲水。十几岁的中学生们，仿佛从来就不知道什么是劳累，每天除打好第二天的用水，做完那份建校劳动，上完一天的课外，我们有时还得去掏麻雀窝或下夹子打老鼠，来凑学校规定的"除四害"的数字。每天晚上，寄宿生要到教室里上两个小时的晚自习，在用墨水瓶改做的煤油灯下做数理化作业，整理听课笔记，背诵《卖炭翁》《石壕吏》《茅屋为秋风所破歌》……

当然，"大跃进"的风很快就吹进了学校。"天上没有玉皇，地上没有龙王，我就是玉皇，我就是龙王，喝令三山五岳开道，我来了"一类"新民歌"，是作为语文课补充教材进到课堂的，《"卫星"齐上天，跃进再跃进》这样的《人民日报》社论是当时规定的政治学习的必读材料。随着粮食亩产"放卫星"的高潮告一段落，那时，人民公社化不久的农村开始了"全民炼钢"活动。学校响应"把以钢为纲的群众运动引向更高阶段"的号召，于10月下旬至11月初停课，组织学生到30多里外的渭河河滩淘铁砂。十二三岁的中学生对一切都是既好奇又充满激情的，况且，这一代中学生向来是相信自上而下的宣传的，我们把"炼钢"同时即看作"练人"。俗话说"沙里澄金"，我们虽说是从沙里澄铁，可把这铁看得比金还贵重。看着一星半点的铁砂澄出来，慢慢堆成愈来愈大的黑色的沙丘，我们总会把它同那登在报上、写在墙上的年产钢量1080万吨的目标关联在一起，至于这些铁砂最后到底去了哪里，炼出了多少钢，却是我们这些热心而劳累的淘铁者谁也没有想过的。

然而，就在我们这些中学生为着政治考试去收集和记诵那些愈来愈多的写在各种书报上的"大跃进"的业绩时，饥饿带着死神的阴影淹没了人们过于亢奋的热情。像是铺天盖地的洪水，它冲决了数字的堤坝，不顾一切地向老人、妇女、儿童和中学生们扑了过来。一场无处逃避的劫难似乎在人们为一个又一个"卫星"喝彩时就已经注定了，中学生的更大不幸只在于他们正处在人的一生中最需要食物滋养的时刻。

持续的饥饿是一种临界体验，只有一直被饥饿追逐的人才知道人的最大惶恐是什么。1959年后的两三年中，全民族都在挨饿，但我敢说，那些年，最饿的还是常年种粮食的农村人。饥饿使生活变得单调而苍白，周原中学在我这里没有留下多少可以娓娓道来的故事。我在学业上依然很勤奋，几年中得过好几张奖状，但那几乎都是饿着肚子从老师手里接过来的。1961年夏天，我从这所此后一再让我记起饥饿的学校毕业了。我考上了虢镇中学（现宝鸡市第二中学）。于是，我不再走老虎沟，而是在另一个方向上同样走30里路去我的出生地上高中。

四

虢镇中学的校舍是由县城的城隍庙改建而成的，我来上学时，它已经有了近 30 年的校史。在这所聚集了不少很有才华的教师的学校里，我度过了我的学生生活中最愉快的三年。这里的纪律不像周原中学那样刻板，但秩序并不坏。学校的校长在几年中换了好几任，并不总是喜欢露面的教导主任李渭水先生是这所能够让学生较多地自由思考的学校的真正主持者。在我看来，他是一位算得上教育家的人。他从不在学生面前发火，说话总是慢条斯理，很有逻辑；站在他面前听讲话，心里舒展而宁静。他给我们班代过几节代数课，从讲课看得出他的数学修养和人生修养。

1961 年入校的高中学生分两个班，我在二班。班主任换得很勤，担任二班班主任时间最长的是张业秦老师。她大学毕业不久，为我们上政治课。她的课讲得很有条理，普通话说得很动听，满是抽象概念而又近于公式化的"社会发展简史"和"辩证唯物主义"经她一讲，常常会有许多有意思的东西冒出来。她并不用阶级、阶级斗争一类术语做学生的思想工作，也并不总是板着面孔对学生作道德、理想、纪律方面的训话。她从没有刻意引导学生按某个标准程式去模塑自己，但她带着严重的关节炎病跟学生一起唱歌、跳舞、办墙报、参加歌咏比赛，却无意中把一种热爱生活、鄙弃雕饰、忠实于自己心灵的品格示范给了学生。

在学业修养上，对我帮助最大的是两位数学老师，一位是上代数课的谢子藩老师，一位是教我们立体几何学的强维敏老师。他们把我带到了对数学入迷的境地。我在他们和其他几位数学老师的启迪与指导下，从能够收集到的各种习题集中找难题来做。每解出一道难题，尤其是人们通常说的那种偏题、怪题，我总会得到一种精神上的满足，那情形就像猜出了一个悬了很久的谜语一样。记得星期六下午回家和星期日下午返校，我常会在上路前记好一道足够难的数学题，然后一边不慌不忙地走那30多里路，一边在头脑里做假设、绘图、画辅助线。不用动手，凭着内心的那个画来绘去的图像或是一层又一层的运算，往往在到家或到校前就能把难题解开，并做好验算。在高中的三年里，我们那个年级先后进行了三次数学竞赛，三次我都得了第一名。人在年轻时，是需要一种人生自豪感的激励的，这对于一个心神志忑、常伴有一种莫名的焦虑感的人尤其重要。那曾经强烈地激惹过我的兴趣和灵感的数学，虽然我曾打算选择它而它终于没有选择我，但高中时代的数学竞赛的往事，却长久地给了我一种向着更高的人生境界求索的自信，并且，那在以后越来越模糊了的算式和图像，也以一种特殊的理解或感悟的方式，默默地养润了我后来深陷其中的人文思考。

1963年的春天，高中各班都在为学校将要举办的"五一"文艺会演做准备，当时是王根水老师做班主任，他提议我们高二（二）班排演一个自编的节目。班委会的同学七嘴八舌地议论了一番后，决定把编写节目的事交给我和王自贤同学去做。自贤是我的好友，我们在周原中学时就是同学了。他写一笔很俊雅的字，作文常被老师作为范文在课堂上评点，同他一起编节目我当然是很乐意的。可那次实在不巧，不知是他家中有事，还是他突然病了，这件事最后落在了我一个人身上。真可以说是初生牛犊不怕虎，我居然用课余时间在一周内编了一出独幕眉户剧。剧名叫"在小队会上"，说的是某个地处河湾的村子遭了涝灾后，另一个生产队的社员在会上讨论要不要援助和怎样援助邻村人的故事。情节并不复杂，但要表现的人物内心冲突较大，剧中人在配有唱腔的争辩中述说自己的心曲，展示各自的气质。初稿写好后，我在一天下午把它交给了王老师。王老师一边看，一边不紧不慢地哼着配上去的眉户调，整幕剧看完后，他笑着朝我眨了眨眼，一抬手猛地朝我肩膀上一拍，说了一声"好！"，这时，一直站在旁边像是听候审判的我才长长地出了一口气。"五一"节时，这出戏搬上了舞台。文娱委员王莉（女扮男装）和高让同学扮演剧中的两个主要人物，另有几个同学配戏，而拉板胡、二胡的是学习委员谭全芳和刘定元、司周勤同学，戏演得热热闹闹，大家都很高兴。

像在初中时一样，我很懂得发愤，学习成绩一直很好。饥饿总算过去了，一个乡下的少年对县城中学的食宿条件已经感到非常满意。我的精神状态比以前什么时候都好。但新的苦恼也在悄悄地酝酿。当我到了十七八岁的年龄时，这苦恼已经影响到我的心灵的安顿。父亲的历史问题历史地成了我的问题，血缘的原因，我要对我还不存在的时候所发生的事情负责，这仿佛已经是注定了的命运。其实，父亲只是做过黄埔军校的学生，后来也只是做了国民党军队的一名下级军官，而且，这一切主要发生在国共合作的抗战时期。

高考一个多月后，我接到新疆兵团农学院的录取通知书。接着，我便得着一个确凿的消息：在高考前的政审中，父亲的已经成为历史的军职被无端地一下子提升了好几级——我是作为一个黄埔出身的旧军官的儿子去新疆上大学的。不过，无论如何，我仍然为自己能继续上学而庆幸。早在前一年的初春，"阶级斗争，一抓就灵"的口号就已经出现在显眼处的墙壁上了。很快，以"四清"为内容的"社教"运动开始了。在高考已经相当看重政审的背景下，像我这种父辈有历史问题的人能被一所大学录取，显然算是十分幸运的了。

五

还在上小学时，就学会唱《我们新疆好地方》了。到了新疆，感动我的第一首新疆味十足的歌是《送你一束沙枣花》。这歌是在一次规模不大的"迎新晚会"上由高年级同学唱给新生听的，它让我一直记到现在。

我是水利专业六九级的学生，刚入校那年水利专业还没有从农学系分出来。记得是入校第一周的周末，农学系水利专业的师生聚会，水六八的同学唱了这首歌。那歌词中有这样的句子：

坐上大卡车

戴上大红花

远方的年轻人

石河子来安家

来吧，来吧，年轻的朋友

亲爱的同学们

我们热情地欢迎你

送给你一束沙枣花

送你一束沙枣花

不敬你香奶茶

不敬你哈密瓜

敬你一杯雪山的水

盛满了知心话

来吧，来吧，年轻的朋友

亲爱的同学们

我们热情地欢迎你

送给你一束沙枣花

送你一束沙枣花

曲调的旋律欢快有致，但我还是听得出几分飘忽不定的纤郁的底蕴。那可能是少小离乡者的心绪的流露，唱者、听者最有可能在这里发生情思的共鸣。水六八的同学大都能歌善舞，唱《送你一束沙枣花》时，有人打手鼓，有人挥舞萨巴依，全班男女都穿半新不旧的军装，那洋溢其间的异域风情，自始就笼罩在颇见谨约的军旅氛围中，分外能传示一种只是在后来才慢慢品味出来的"兵团"韵度。

正像胡杨和红柳，沙枣树是新疆最有特色的树种之一，而它结出的涩中带甜的果实尤其别具一种象征意趣。从北疆到南疆，沙枣树几乎无处不有。《送你一束沙枣花》让我此后分外留意这风沙之乡耐寒耐旱的植物，而每每看到沙枣林，闻到沙枣花那略带醇酒味而不失大雅的野香，又总会勾起我对第一次听到这首歌时的情境的回味。1969 年初夏，我毕业离校，去了南疆开都河畔的一个军垦农场，在又一个常有沙枣树陪伴的地方一待就是九年多。再后来，我就离开了新疆。从那时到现在，许多年过去了，太多的往事都淡漠了，而沙枣树和那首把"年轻人"与"沙枣花"关联起来的歌却一直收藏在我的记忆中。它时时告诉我，我也年轻过。

当年的母校，管理体制差不多是半军事化的，学校的全称是：中国人民解放军新疆军区兵团农学院。院、系、年级配有政委、协理员、助理员，兵团政委张仲翰兼农学院第一政委，副司令员陶晋初兼农学院院长。学校的名称和机构配置隐然告诉人们，来这里上学的人既是学生，却也是一名允诺加入农垦队伍的准军人。

我做了 20 年的学生，从发蒙识丁到就读研究生，遇到过一个又一个可亲可敬、笃守师道的老师。每当回忆到他们，伴随着感戴之情，心中总会浮现出年少时问学受教的许多故事。但大学时代为我留下的那份师生情结毕竟有些不同，对师长的拳拳怀念里不免会生出几分忧悒和伤感。

算起来，大学时聆听老师们授课的时间最多不过两年。两年中为水六九班上过课的老师有：黄震寰（画法几何）、王志成（高等数学）、杨树成（高等数学）、阮家谔（理论力学）、王扩疆（有机化学）、凌可丰（俄语）、关致邦（俄语）、申震中（政治）、戴本浩（政治）等。老师们所授课的内容忘记很久了，但他们讲课的神态、表情至今仍历历在目，而黄震寰、凌可丰老师留给我的印象尤其深刻。

黄老师，一张清瘦的脸，眼光祥和而有神，1964 年时他还不到 50 岁，但额头的皱纹和黑白参半的头发已经同人们称他为"老教授"的那个"老"字很配称了。他用一口方言很重的上海普通话讲课，把"夹角"读成"gā gē"，把"连线"读成"lī xī"，把"延长"读成"yǐ zāng"……我们班的同学大都来自陕西和四川，起先几乎一句也听不懂。于是，他就不断在黑板上写，耐心地把那些画法几何术语一字一字写下来。久而久之，师生间有了一种默契，他边说边比画，开始讲得轻松起来，我们也连听带猜，越来越能跟上他的思维和讲解节奏了。其实，一学期的课细细听下来，你就会发现，黄老师不只学养深厚，他的口头表达也是很见逻辑功力和措辞技巧的。他写得一手漂亮的长仿宋体字，这对于他，真可以说是字如其人——那字一笔一画写得工整、规范，而从整体上看去，却又透出一种风雅，一点也不呆板。在同学或其他老师面前，他很少逗乐的，但笑起来会像孩子那样无拘无束，真率可爱。

凌老师，一副银边眼镜后面一双大大的眼睛，衣着考究而庄重，流利的普通话里略带点南方的尾音。她看上去无忧无虑，其实仍是那种弱女子型的人。她的俄语说得比她的普通话还要好听些，很有乐感，尤其是常常出现在单词中的弹舌音"P"，她的发音轻松、准确、自如，很有点莫斯科人的风致。记得第一堂俄语课，她叫了几个同学读课文，那大约是想摸摸底，但同学们的口语显然让她失望了。我们这个班的同学多数来自农村，只是在上高中后开始学外语，上大学前可以说是将入门而尚未入门的水准。心里有数后，她便分外注意对我们做发音、朗读和对话的训练。她有足够的耐心，一遍一遍地领读，一句一句地示范，那情形与教中学生没有什么两样。她也许真把大一学生当中学生教了，但她显然没有意识到这些人已经比中学生难教多了。中学生有高考之虞，这足以督促他们；大一的学生却不再有升学的压力，他们正在把主要精力投向他们将要从事的专业。

黄震寰、凌可丰老师都不属于那种防范心理很强的人，这在一定意义上正可以说是心理健康的表现。但在异常情形下，他们可能受到的伤害往往会比别人更大些。差不多两年后，"文革"发生了，他们各自有了突如其来的麻烦。尽管昭昭日月终究还是还了无辜者的清白，可当日遭逢的肤受之诉，曾是怎样的难堪其辱啊！师道是师者的尊严所在，也当为民族之斯文所系，往者或不可谏，来者犹且可追，但愿不可再少的斯文于天下永垂不坠，亦愿天下人为师者常留一份不可再少的敬信之心。

六

似乎是一种宿命，大学本科毕业后我一次次离开校园，却又一次次返回校园，并最终委心于以传道、授业、解惑为天职的教师生涯。在有了一段不算太短的从教经历后，我终于渐渐明白：一个人只有做了教师，才可能对他先前的学生时代真正有所自觉；而一个人只是在懂得了学生所以为学生后，他才有可能由晓悟师者所以为师者而更切近地理解自己当年的师长。

很多年之后，在一次新生开学典礼上我曾以一个老教师的身份这样致辞："在孔子说了'后生可畏'的话后，这条古训一直流传至今。我愿引这条古训警示自己，也愿借这一古训规勉在座的年轻的同学们：你们只有像康德说的那样，在步入学术殿堂时先期被一种'神圣的战栗'所充塞，然后将这持续的'战栗'不间断地调整为对于学业的'庄严的注意'，你们这些'后生'才有可能让你们的前辈们在足够长的时间里感到'可畏'。"当过后不久我得以从容留心这些话时，心下不禁为之一动——那对近在眼前的诸多后生的殷殷祈望，不也正含蕴了对久在念想的师长们的不尽追忆吗？

古汉语有一"斅"字至可玩味，它有"教""学"二义，而其指归则在于"觉"。《说文解字》释"斅"："斅，觉悟也。"教"而"学","学"而"教",其以"觉"或"觉悟"述说着教育的机械,喻示着学术的徽妙,也申解着人生的奥赜。师生的缘契或当尽摄于此,人文传承之命脉亦正当系属于此。

2012 年 11 月 11 日

于北京回龙观

（《黄克剑论教育·学术·人生》,华东师范大学出版社 2013 年 11 月出版）

《老子疏解》自序

当这部书的初稿告竟时，忘神于故纸的我已是古稀之年。

尘累中的我毕竟是幸运的，在年逾花甲后才有了训释《论语》的念头，而年逼七旬时也才更多了些诠解《老子》的意兴。诚然，领略这两部经典的要谛，于生命局度的涵养尚需假以时日，但领略者气血的盛衰也终是一种遭际，我担心在酝酿出更虚灵的运思境地前会永远失去当下这难得的属文机遇。就这样，经由五年断而又续的撰述，《老子疏解》脱稿了，我庆幸它的还算晚出，却也为它的仍嫌早成而忐忑。

老子虽以特操卓尔的一代隐者著称，但《老子》一书在此后的两千多年里却从未在人们的视野中隐没。《庄子》《荀子》《吕氏春秋》等先秦典籍对老子的道术已多有褒贬、品评，而《韩非子》中的《解老》《喻老》则是阐绎《老子》的专篇文字。创始于汉末的道教"上标老子，次述神仙，下袭张陵"（刘勰：《灭惑论》），以张陵为始祖的正一道所尊奉的经典即为《老子五千文》。魏晋之际玄风大畅，为融通儒、道的玄学所推尚的"三玄"亦首称《老子》。汉魏以降，标举、称引、诠释、研琢《老子》者代不乏人，其或为道士，或为僧徒，或为仕宦，或为帝王，或为隐者，或为学究，凡所撰述单是传之于世或著录于载籍的注疏文本便不下四百种。仿佛是永远猜不透的哑谜，《老子》之秘旨至今仍在人们不懈的寻蹑中。不过真正说来，研治老学者多是由于当下人生忧患的激发才问途于《老子》的，而寓了某种终极眷注的《老子》也因此得以养其神韵以至于经久不衰。事实上，既已付梓的《老子疏解》亦复如此，疏解者的思绎中自始就涵泳着触悟于时势的人文运会的消息。

《老子》五千言辐辏于"道"，但"道"并不就是老子所拓辟的神思王国的君长。它不可拟想为本原性的物质实体，也不可拟想为宰制万有的精神实体。即使老子有"道之物"（《老子》二十一章）之说，这称"物"以论"道"也不过是对"道"的拟物而谈——犹如以拟人方式所描绘的对象绝不就是人，由拟物所申示的"道"亦绝不就是万物之上或万物之外的又一物。考其源始，"道"字之形意所出颇耐人玩味。甲骨文中已有"道"的异构字"行"（㣔），最早出现于西周金文的"道"字写作"𢓊"，但无论是从行（甲骨文写作㣔）从人的"行"（㣔），还是从行从首（"首"指代人）的"道"（𢓊），其初始之意皆为人于十字路口寻路或辨路而行。寻路或辨路而行隐含着"导"向某一方位的意趣，而这则正可印证于唐人陆德明所谓"'道'本或作'导'"（《经典释文·尔雅音义》）。其实，"道"在老子这里是一个哲理化了的隐喻，它是对"道"字的源始"导"义的升华。这"道"意味着一种人生导向，也意味着此一导向上某种极致境地。从人生导向看"道"之所导，老子之"道"最深微、最亲切的宗趣乃在于因任自然，此即所谓"道法自然"（《老子》二十五章）。对"道"的如此训解，使《老子疏解》有了进于老子玄理之域的别一蹊径。

"法自然"而导人以"自然"，"道"之所导取方便以为言，"自然"亦可了解为相对于人之施为的"天然"。倘把人为的创设一言以蔽之为"文"，自然或天然则可一言以蔽之为"朴"。老子致思于"礼坏乐崩"的春秋末季，而礼乐的崩坏不过是诸多文事凋敝的表征；"郁郁乎文"的种种规制在萎谢了内在精神后徒然流为一种缘饰，用汉代史家司马迁的话说即是"文敝"（《史记·高祖本纪》）。由消除"文敝"极而推之以摈绝任何人为之"文"，老子主张"见素抱朴"（《老子》十九章）或"复归于朴"（《老子》二十八章）。一如"道"，"朴"在老子这里也是富有哲理的一个隐喻，它以未经刀斧砍斫的本始之木喻示为"道"所法亦为"道"所导之自然。浑然之"朴"是对世俗的善恶、美丑之分的消解，因而似乎不再有价值取向的圭角，但消去价值抉择之圭角的"朴"本身即构成一种价值取向。由此，《老子疏解》遂把"朴"的价值与"反"（"反也者，道之动也"，《老子》四十章）或"复"（"各复归于其根"，《老子》十六章）的践修途径的一致，视为老子学说的闳机所在。

　　老子以"法自然"之"道"导人以"朴"，规诫人这一世间唯一有着未可穷尽之欲求的生灵"知足""知止"（《老子》四十四章），讽劝沉迷于"五色"、"五音"、"五味"、"驰骋田猎"、贵"难得之货"（《老子》十二章）的尘网中的人们"少私寡欲"（《老子》十九章），并非出于对人生的厌薄，而是因着对生的根蒂保任的看重。依老子之见，逞欲而为以增益其生适为取死之途，唯有"不欲以静"（《老子》三十七章）方可生机不败而有望"长生久视"（《老子》五十九章）。"生"始终为老子所属念，从一定意义上说，老子之"道"诚可谓"生"之"道"或"生"之"导"。中国先民即重"生"，从殷商时期由神化花蒂——植物结果、生籽的生长点所在——而来的"帝"崇拜，到殷周之际以"生"为"天地之大德"（《易·系辞下》）的《周易》的发生，"生"一直是中国古人致思以成学的根荄，老子虽称其"道"之要眇"玄之又玄"，而这玄微之理却终是相承于古来重"生"之一脉。立足于可切己体验的"生"，以悟解《老子》诸多最终系之于"生"的"恍惚"之辞，并就此分辨古来重生意识在老子这里发生的变化，是《老子疏解》窥寻老学底蕴的隐在法门。

　　对于人说来，"生"而"长生"的最可直观的楷范是天地；相形于总在生灭兴败之运遇中的万物，不见衰朽的天地堪称长久。天地不谋其始，也不虑其终，不呈其所好，也不示其所恶。它没有生的眷注，反倒留住了生机的朴讷；它无心于自身的永存，反倒赢得了绵延中的长久——此所谓"天地之所以能长且久者，以其不自生也，故能长生"（《老子》七章）。
"不自生"而"长生"即无所施为、自然以生，这"生"倘
以"有"视之，则"不自生"亦可以"无"视之，其"无""有"
的相即于一体正可谓之"玄"。"地法天，天法道，道法自
然"，天地"不自生"而"长生"原是"法道""法自然"以
生，因而天地"不自生"而"长生"之"玄"乃为"法道""法
自然"之"玄"。由天地之喻了悟"道"的"无"（"无名""恒
无欲"）、"有"（"有名""恒有欲"）一体之"玄"性，了悟
作为"道"的发用的"生而弗有，为而弗恃，长而弗宰"的"玄
德"（《老子》五十一章），有化诡晦为平易之效，于此则略
可瞥见《老子疏解》自亲近可感处冥会老学玄致的思绪特征。

　　《老子》可视为一首诗，一首由玄澹之雅怀唱出的朴浑
的大诗。诗自是不会有达诂的，但若找到了诗眼，也总能看
出几分究竟。毋庸讳言，与两千多年前老子遭遇的时势相比，
今日人类或正处在范域更大而危机更深的"文敝"之世。当
年以"道""德"立论而以"复朴"规讽世人的《老子》并
未为时彦所青睐，而今日重诵《老子》亦多被视为旧籍之考
释。然而，老子那种种"若反"的"正言"（《老子》七十八
章）果然迂远而不切时弊么？老子曾自谓，他怀揣的乃是一
颗"愚人之心"（《老子》二十章），这位"独异于人"的愚
者甚至会祈望过久沉迷于"智慧"（"智慧出，安有大伪"，《老
子》十八章）的世人"复归于婴儿"（《老子》二十八章）以
"比于赤子"（《老子》五十五章）。不过，有谁能说对于此

城府已深的世道的窥破不需要赤子的眼光呢？或者，《老子》
这首大诗的诗眼就在这里，《老子疏解》正是从这里冒昧地
看入去。

2016 年 6 月 30 日
于北京回龙观

（黄克剑：《老子疏解》，中华书局 2017 年 6 月出版）

"当代新儒学八大家集"丛书编纂旨趣

一

  萌芽于 20 世纪 20 年代初的"当代新儒学"思潮是在过了差不多 60 年后,才被更多的海峡此岸的中国人重新发现。那在寂寞中委曲求伸的思潮的拓辟者,是另一些对民族慧命和时代趋赴有所担待的人们。他们同"五四"主流知识分子在文化意识宇宙中的对峙而又相通,构成中国现代人文致思的一种必要的张力。回眸顾盼的后来者,也许只有当灵思进到张力的和谐而不是在非此即彼的裁断中做一种寡头的归结,才有可能探向先前的运思者的精神闳机。不论"五四"怎样不宜比拟于西方的文艺复兴或启蒙运动,它们却同是在价值或意义取向上对一个迥异于中古的新的时代的宣告。激烈地批判过基督教的西方近代启蒙思想家,曾从基督赋予他们的崇高感中汲取自己的人文自信;相通的情境是,在中国作启蒙呐喊的"五四"主流知识分子,几可说都深浅不同地经受过孔孟真精神的陶炼,尽管这陶炼主要发生在心灵的超越层次。传统儒教的正面价值正像西方基督教的正面价值那样，在于导人超拔于肉体欲望的牵累而趣于精神境界的高尚（"德"），但成德之教对"福"（"幸福"，依康德的说法，乃是"人类欲望官能的一个特殊对象"）的独立价值的轻忽，却有可能使高卓而孤峭化了的"德"在儒家末流那里由不近人情滑转为禁情锢欲。"五四"主流知识分子的儒教批判，在相当大程度上是对着教条化的礼教加于人的幸福欲求的束缚的，他们更多地从人生意义的幸福取向上逼近人性或人道之全。他们的"人生目的是求幸福"（胡适语）的人生观命题，同他们请德、赛两先生到中国来的努力是协调一致的，但人生趣于高尚（"德"）的独立意义未被自觉提到应有高度，却可能由人生幸福取向的偏执酿成人生神圣感的失落，而这也正是人类从西方开始进入近代后出现的一个遍及全球的问题。一种文化偏至发生后，必有另一种文化思潮起而矫治，中国"当代新儒学"的萌生及其存在理由可以从它直接的批判对象（"五四"）的状况得到相应的理解。或者中国当代的文化研究正酝酿着对前贤的智慧的超越，但超越本身即意味着由心灵感通所要求的对超越对象的内在理解和真切吸取。正是出于从回视中获得前瞻的凭借的动想，我们情愿在"五四"课题已经多少有所铺张的学术背景下，编纂一套"当代新儒学"的文献，把来自另一个文化意识天地的消息奉告世人。

二

　　"当代新儒学"或可看作儒学经由先秦创发和宋明复兴后的第三期发展，但它的文化理境毕竟在于历史上的儒学并不曾坎陷于其中的"返本开新"。"返本"意味着返回儒家"成德之教"的"内圣"，从可追溯的民族元始生命处寻找人文重建的灵根；"开新"意指由"内圣"以"曲通""曲转"的方式开拓"新外王"，使西方文化提示给现代人类的科学和民主得以在东方自本自根地生发滋长。1958 年 1 月，唐君毅、牟宗三、张君劢、徐复观联名发表的《中国文化与世界——我们对中国学术研究及中国文化与世界文化前途之共同认识》一文，是对业已具型的"当代新儒学"思潮所做的历史宣告，也是对这一思潮的"返本开新"的理境所做的最精要的绍说。从这里做一种思趣上的追溯，可以发见为当代儒学复兴"奠其基，造其模，使后来者可以接得上，继之而前进"（牟宗三语）的熊十力，也可以发见中国现代史上第一个真正"生命化了孔子，使吾人可以与孔子的真实生命及智慧相照面"（牟宗三语）的梁漱溟。从这里做一种理路上的衍伸，可以发见在"哲学三慧"的辨说中把"圆慧"许给中国而在"超希腊人""超欧洲人""超中国人"的"超人"理想中寓托时代新机运的方东美，又可以发见在对宋明理学"照着说"之后"接着说"一种虚灵的"理"而对"中国到自由之路"作所谓"别共殊""辨城乡""阐教化""释继开"式的探求的冯友兰。梁漱溟所说"从老根上发新芽"，诚然是对"返本开新"理境的形象而真切的喻示，而以"寻晚周之遗轨，辟当代之弘基，定将来之趋向"自励自勉的熊十力，则从他的"返本"的"体用不二"（本体论）、"天人不二"（人生论）直下推展出"开新"的"道器不二"（治化论）。方东美的生命气质显然为"致虚守静"的道家精神所点染，但他所谓"贯通老墨得中道者厥为孔子""孔子与后来继起的儒家实为中国人的纯正代表"一类评断，却正表达了他的新一代儒学传人的心灵祈向。冯友兰参酌新唯实论的方法从"实际"的"器世界"探向"真际"的"理世界"，不免有"心"（道德的心）与"理"离而不盈之虞，但就他把"自同于大全"的"天地境界"作为人生最高境界而论，"新理学"正不妨在当代新儒学中聊备一格。诚然"新理学"论主的"道术"在 50 年代后多有"迁变"，但至少，他的出版于 1988 年的自选集《冯友兰学术精华录》表明，他在他的晚年又返回到大约半个世纪前的"贞元六书"。

这里未把以儒为宗的一代史学大师钱穆列为"当代新儒学"的代表人物，并不在于编者对他拒绝在牟、徐、张、唐的联合宣言上签名这一事实的过于执泥，而是由于钱氏的一任"返本"的心路中并不存在悲剧式的"开新"的跌宕。早在 30 年代就在《儒学思想之开展》的论文中提出"新儒家思想""新儒学运动"的贺麟，或可看作当代儒学复兴的先行者之一，但 50 年代后的观念的转变曾使他的学术生涯别趋一途。并且，他的出版于 1990 年的《哲学与哲学史论文集》表明，这部晚年的选集只把那段与新儒家不无机缘的历史处理为他的全部学术进路的一个环节，而不是像冯友兰那样蓦然回首，对既经"迁变"的"道术"再做贞认。至于在"返本开新"的儒学思潮中可引为同调的其他人，或由于学术造诣的高下相去，或由于文化意识的影响尚不足以与梁、熊、唐、牟等人相匹，也未被列为"当代新儒学"的代表人物。这样，这个思潮的巨子便因此随缘暂定为"八大家"。

<h2 style="text-align:center">三</h2>

"当代新儒学八大家"并不是一个师承有序或宗脉分明的学术流派，也不是又一重时代背景下的"儒分为八"。倘就主流而论，梁、熊、唐、牟、徐略成一系，这一系对程朱"理"学多有一种同情理解，而在义理的大端处却对陆王的"心"学有更亲切的体认。尽管这期间徐复观似乎并不以为程朱与陆王有更大的分野，牟宗三甚至在程朱、陆王两系之外发现了由程明道上贯周濂溪、张横渠直通《论》《孟》《庸》《易》并下接胡五峰、刘蕺山的第三系——这一系在他看来真正堪称为儒学的嫡传，他把它同陆王一系合称为正宗儒学的"纵贯系统"，以区别于程（颐）朱由大宗的歧出所开辟的重知解的"横摄系统"。对近现代西方思想，"当代新儒学"的主流学者相契最深的莫过于康德的批判哲学。牟宗三、唐君毅以康德为桥梁融会中西哲学在新儒家中最具典型意趣，

熊十力对西方哲学虽未遑着意研索，却也以他特有的敏感悟识到"康德之自由意志若善发挥，可以融会大易生生不息真几（此就宇宙论上言），可以讲成内在的主宰（此可名以本心），通天人而一之"。

在"当代新儒学八大家集"的编纂中，编者注意到"八大家"中一个堪称"主流"的派别存在——当然这并不意味着对其余诸家的轻觑，却也不曾忽略主流派学者间的若干重大的思想分歧：梁漱溟是佛格中的儒者，他一生所抱的救世悲愿，即使在"随顺世间"的意义上"转归到中国儒家思想"后，依然为离言绝待不可思议的佛性之光所烛照；徐复观则是"当代新儒家"（包括张、方、冯）中唯一拒绝对儒门义理作形上玄观的人，他情愿在探寻人生价值之源时鄙弃"形而上者谓之道"的"天道"，而把答案归诸就人心说人心的所谓"形而中者谓之心"。编纂者在"八大家"的论著选取上固然十分看重他们的"新儒家"的通性，但也更留心诸家千秋各别的个性。这里，对通性与个性的渗贯融通的把握，在如下的分际上提示一种哲理：如同"通性"要从"个性"那里获得丰沛的内容一样，"个性"只是在"通性"的网络上才展现出斑驳的色彩；"通性"的纽结愈稀少，"个性"的蕴含便愈淡薄，反之，"个性"的分辨愈深微，"通性"的经纬必当愈细密。

四

"当代新儒学八大家集"每集均分三部分编纂：（一）生

平、思趣、人格、境界;（二）撰述原委与措思线索;（三）论著选粹。第一部分辑录作者本人有关自己生平、思趣、人格、境界方面的言论;第二部分选编作者本人对自己著述的撰述原委与措思线索的介绍;第三部分以作者的有代表性的著作为单元,编选作者主要论著中最精粹的篇章。这是一种新的编集体例的尝试,在这体例的设计中涵寓了编者对编集对象所取的略异俗常的观察和省思方式。第一部分所辑录的文字往往散见于论主的多种著述,搜集这些数量不大而多有随机宣抒性质的文字,意在为人们提供一幅可直观的新儒家学者的自我影像。梁、熊、张、冯、唐、牟、徐诸家都有较丰富的自述生平、胸襟的资料可供采择,唯方氏在自我介绍方面属文不多（就编者所能阅读到的而言）。但这位在诗、思交融互摄中造境的哲人为人们留下了一部《坚白精舍诗集》,其中的诸多诗稿使编者有可能以与其他七集大体相称的方式编辑《方东美集》的第一部分。各集的第二部分辑纂的多是各新儒家学者主要论著的自序,编者在考虑到各自序的时间顺序和某种内在关联的同时,尽可能选辑论主的某一篇或一段总括或启示性文字置于该部分的最前面以提撕撰述原委的纲脉。这样的文字,在梁漱溟那里,是从发表于《梁漱溟学术精华录》的一份自传中选取的;在唐君毅那里,是从《中国文化之精神价值》一书第十版序言中选取的;在徐复观那里,是从徐氏《中国思想史论集续编》自序中选取的;《方东美集》选了方氏在英文版《中国人的人生观》一书脱稿后所写的一首诗;《牟宗三集》则从牟氏《历史哲学》修订版自序和《道德的理想主义》修订版自序中各选了一段起同样作用的文字；在《冯友兰集》中，选自《三松堂自序》的三段文字略可见出冯氏"新理学"体系由萌生到建构的过程；而《熊十力集》《张君劢集》第二部分的编纂找不到更好的涵盖全貌的文字，则一任各书自序、"缘起"或"赘语"在依次编排中所显现的自然情致。论著选粹是各集编纂的重点部分，选文的原则有三：（一）突显论主独异的最具创造性的思想成就；（二）扼要而准确地展示论主所拓辟的理论规模；（三）一定程度地显露论主的心路历程，从所选文字中多少看得出思路嬗演的纵向线索。依据这不无主次之分的三条原则，编纂者对不同的编集对象采取了角度各别的选文方式。《梁漱溟集》以梁氏的文化伦理学和文化心理学为中心，兼编收了有关民族自救、乡村建设和社会教育方面的部分文字，也选取了梁氏早晚期的一些有代表性的论著。《熊十力集》的论著选裁措意于"新唯识论"的"体用不二"（本体论、宇宙论）、"天人不二"（人生论）、"道器不二"（治化论）的玄思系统，并兼顾到熊氏灵思从《新唯识论》到《原儒》以至《乾坤衍》的演进、赓续和嬗变。《张君劢集》选文以张氏在"学问国"的返本寻根为主脉，辅以他在"政治国"对制宪和立国之道的若干探求，使特色归落在论主早年和盛年更多以学术深化政论、晚年则更多以终极关切收摄现实关切的格局上。《冯友兰集》所选篇章多出于"贞元六书"，在彰显最足以标识冯氏哲思高度的"新理学"体系的同时，也在一定分际上选收了"新理学"建构者早期和暮年研究哲学与哲学史的文字。《方东美集》所选择的论著的辐辏是《哲学三慧》，对三部最重要的著作——《科学哲学与人生》《中国人的人生观》《中国哲学之精神及其发展》的比重较大的节选，被把握为对"三慧"系统必要的扩充和补正。《唐君毅集》选文详略的安排出于对《中国文化之精神价值》一书在唐氏诸多著述中的枢纽位置的确认，编纂者所把握的论主思想的纵向推演或横向展示都缘结于"道德理性""文化意识"及其一而二或二而一的体用关联。在《牟宗三集》中，节选自《现象与物自身》《圆善论》两书中的文字凝集了经由论主千锤百炼的"教"理，从这里辐射开，把选自《道德的理想主义》《历史哲学》《政道与治道》的侧重于"开新"的文字，与选自《才性与玄理》《佛性与般若》《心体与性体》的趣归于"返本"的文字融为一体。《徐复观集》的真正核心是作为论文选篇的《心的文化》和所节选的《中国人性论史（先秦篇）》，从人性论出发理解中国的道德、政治、艺术，是编者节选（或篇选）徐氏其他若干著作时所择取的一种与论主著文初衷大致相契的思路。

五

本书系在编纂中对文字以至版面的技术性处理，略如下例：

（一）本书系所选文字，以编者所能搜求到的大陆和台、港最新或较好的版本为准，并对其中明显的错讹做了校正。原为竖排者均改为横排。繁体字改为简体字。

（二）旧式标点一律改为新式标点，原作中出现书名而未标书名号者补标书名号，除此外，不对原作的标点符号另做改动。

（三）注释一律按照选编后的顺序移至篇后或章后。唯《熊十力集》中，因作者行文自成一格，注释往往兼有阐发论证功效而与正文一气融贯，故谨予保存原貌。

（四）凡编者所加注释均注明"编者"字样，所选文集或全集的编者所加注释均注明"原编者"字样。

（五）选文见于同一出处者，第一次出现时均于篇后注明出版单位及出版时间，此后均不再注明。

（六）凡选自专著者，均于书名后标明"（节选）"字样；凡选自文集者，均于书名后标明"（选篇）"字样，如该篇有所删节，则于篇后标明"（节选）"字样。

苦于编纂过程中意外的波折与诸多难处，尝试编纂这样一套书并使之面世，虽不敢稍有怠惰，却难免有所疏漏乃至失错。所幸读者自有慧识，或不致深误。

1992 年 5 月 5 日
于福州小柳

（黄克剑主编"当代新儒学八大家集"丛书，群言出版社 1993 年 12 月出版）

《论衡》告白

　　学术在落寞中。《论衡》的冒昧问世并没有带着多少消去一份寂冷的期待。

　　它对穿透从一开始就自陷其中的世纪之交的困惑没有太大的自信，但这并不妨碍它的坦真的心胸对觅路中的学术的敞开。守住学术的节操是《论衡》的一重执着，它的更大念愿则在于借中西学脉的疏导与贯通而"学以致其道"。一个有原创性天赋的西方学者，也许只需从一套西方的经典——从苏格拉底前后的古希腊哲学到当代的分析哲学、存在哲学、现象学——汲取神思创发所必要的学养，一个晚清以前的明达的中国士人，大约也只需借助一套中国的经典——从《周易》、孔、孟、老、庄的诲示到周、张、程、朱、陆、王的洞见——就可以去做"尽心、知性、知天"的功夫了。但处于西方学术主导世界思潮之当代的中国学人，便不能不寻问两套经典以求精神的升进。《论衡》这块可供学人耕耘的田畴不设古今中西的樊篱，它养润一切富有生命智慧的学思根荄。这里所期望拓出的是时代高度的世界视野或人类胸襟。

不过，正是因着这一点，《论衡》又分外看重那萌生于先秦而在中国历代志士仁人、匹夫匹妇那里生命化了的人文民族个性的培壅。

《论衡》拟辟"设论篇""述议篇""考释篇""辨正篇""品鉴篇""随笔篇""散谈篇""译介篇"诸栏目。诚然，这并不意味着对格局自在而气韵别具的文字的绳削。"设论篇"为富有自创品格的论文而设，"述议篇"为由绍介而发为议论的论文而设，"考释篇"为考证、诠释性论文而设，"辨正篇"为分辨原委以求学理匡正的论文而设，"品鉴篇"为品藻、品鉴性文字而设，"随笔篇""散谈篇"为散逸、随缘应机性文字而设，"译介篇"为附有提要说明的学术译文而设。

《论衡》每年发文两辑，每辑刊用来稿唯以质量为度，不对所刊作者的文章从篇幅、篇数方面做刻意限定。《论衡》不以时尚为务，不作阿世之论。它对时势的关怀出自深切的人文眷注，它由渊默良知的自审而提撕一种赖以立心、立命的形上境界。它自勉于历史的衡鉴，不以当下的毁誉为念，因此，它也当努力葆任一种清刚、淡泊、从容、大度的论学风致。

1998 年 3 月 18 日
于北京西郊

（黄克剑主编《论衡》第一辑，福建教育出版社1998 年 7 月出版）

《论衡》告白

《问道》告白

这是一个被夸示为"知识爆炸"的时代，忙不迭的人们在对裂变中的"信息"做财富折算时正被调动起持续亢奋的攫取欲。在牟利的缰绳把"知识"牵给人，又把人牵给"知识"的当下，我们从良知的渊默处开始"问道"。

"道"，并不是被古希腊人当作"不可挽回的必然"而信从的"逻各斯"，也不是近代以来诸多东西方学人把握在思辨中的所谓宇宙本体。就近取譬，"道"当然可以用"道路"作喻说，而"道路"则绝不会存在于人的行走的践履之先或之外。人行走可谓之"蹈"，"蹈"必有其所向或"导"向，因此唐人陆德明就曾说过"'道'本或作'导'"。不过，"导"或引导既然总是朝着一定方向的，这方向的抉择便不可能不关涉以应当不应当做判断的那种价值弃取。古人有"为道"（"为道日损"）或"致道"（"学以致其道"）之说，其所谓"道"，无论是道家的"道法自然"以"复归于朴"之"道"，还是儒家的"人能弘道"而"我欲仁，斯仁至矣"之"道"，都意味着一种人生自觉，一种价值导向，一种对浑然于生命自然中的某种价值性状向着其极致境地的无底止地提升。"道"作为应然的价值取向上趣之弥高的境地，当然是根于生命之真切的，然而其显现却又不滞落于可感的经验，此真实乃为一种虚灵之真际。

这里所谓"问道"，即是在中国先哲及西方先哲的启迪下再度返回到人生之原始真切处，探询那对于人说来可以应然相期的虚灵之真际。诚然，作为虚灵之真际而寻问的"道"，并不拘泥于中国古代儒、释、道中的任何一家，也不拘泥于勉可比拟于"道"的柏拉图的"善的理念"、康德的"至善"或胡塞尔的"先验自我"之构设，但这带着特殊的时代难题的"问道"，却终是要回味"轴心时代"——古印度出现释迦牟尼、古中国出现孔子、古希腊出现苏格拉底的那个时代——所确立的人生的神圣感。也许人文心灵只有在回溯中才可能有所升进，新的"问道"者的一个执着的信念在于：运思之灵韵犹如艺术之匠心，可认同的精神传承当在永不重复的富于生命个性的创造中。

《问道》为"问道"者而设，它的初衷和归趣只在于"问道"。与所"问"之"道"相应，《问道》相信，"道"敞开着，它息息相通于情态各异的学人的真切生命。为此，《问道》也为自己留住了一份希望，一份即使在某个时刻不免失望却也绝不至于绝望的那种希望。

2007 年 5 月 4 日

于北京回龙观

（黄克剑主编《问道》第一辑，福建教育出版社
2007 年 7 月出版）

下　编

任翔《文化危机时代的文学抉择
——爱伦·坡与侦探小说探究》序

一个自身遭际困顿的人，往往会比常人更敏锐地感受到他所处的社会和时代的不幸；饱经人生坎坷而灵明始终未泯的爱伦·坡，正是这样一个不期被命运选中的人。当现实熄灭了这个美国人的最后一颗希望的火星时，他转而"相信梦幻是唯一的真实"。的确，一切正像他的真正发现者和虔诚推崇者波德莱尔所说的那样："美国的气氛压得他喘不过气来"，他"从一个贪婪的、渴望物质的世界的内部冲杀出来，跳进了梦幻"。①

也许克尔凯郭尔的说法终究是对的，"一是一切，一千等于零"。爱伦·坡显然是他所在的那个危机初露的时代不多的先觉者之一。在差不多一代之久的时间里，从这类先觉者中我们还可以指出叔本华、克尔凯郭尔和马克思，他们分别被 20 世纪的人们称作"意志论之父""存在哲学之父""科

---

① ［法］夏尔·波德莱尔：《波德莱尔美学论文选》，郭宏安译，人民文学出版社 1987 年版，第 192 页。

学社会主义之父"。难道爱伦·坡——这个天才的酒徒——也可以视为某个领域富于原创性的人物而被称作什么"之父"吗？其实，叔本华、克尔凯郭尔、马克思，都是有自己的"梦幻"的，这"梦幻"当然也可以换一种称谓，比如称其为某种超越当下的心灵"境界"、人生"眷注"或社会"理想"。爱伦·坡的"梦幻"不是投注于理论王国，而是寓托在文学世界。

无论是上溯"唯美主义"的源头，还是探寻"象征主义"的滥觞之地，都可以追根到爱伦·坡关于诗的一个观念，这即是："单纯为诗而写诗""这一首诗就是一首诗，此外再没有什么别的了——这一首诗完全是为了诗而写诗的。"① 事实上，从所谓"单纯为诗而写诗"，既可以演绎出唯美主义者所鼓吹的"为艺术而艺术"，也可以引申到象征主义者所告白的"诗除了自身之外并无其他目的"（波德莱尔），或"今天关心的唯一问题就是纯诗，舍此无他"（魏尔伦）。从这个意义上说，爱伦·坡的诗的观念和他的合于这一观念的诗作，诚可谓开了一代诗风的先河。艾略特曾赞誉波德莱尔为"现代所有国家中诗人的楷模"，不过，当他这样说时，他并非不知晓，这位楷模的楷模乃是爱伦·坡。

没有问题的是，爱伦·坡把他给了诗的东西也同样给了

---

① ［美］爱伦·坡：《诗的原理》，赵澧、徐京安主编《唯美主义》，中国人民大学出版社 1988 年版，第 64 页。

小说。他创构了以描述诡异、神秘、凶险、惊怖情节为能事的小说体裁，就此而言，他是当然的、名副其实的恐怖小说或科幻小说之父。在他的笔下，死神裹着尸衣、戴着面具大模大样地出现在如梦如幻的狂欢舞会上，这个播撒"红死病"的不速之客可以在悄无声息的刹那间，让那些忘乎所以的寻欢作乐者一个接一个以绝望的姿势死去；僵硬、干瘪的尸体带着裹尸布从床上爬起来，梦幻般地闭着双眼，蹒跚而又大方地移步到房间中央，那从地狱中返回的美女却会是借尸还魂以至于身材、相貌也跟着起了变化的另一个人；一个被准确预断将在数小时后死亡的结核病人，在被施以催眠术后竟能苟延一线生的消息近七个月，而当唤醒他时，随着"死！死！"的叫声从那僵直发黑的舌头上的迸出，整个身体立即溃烂为一摊液体的腐败物。爱伦·坡的离奇、怪诞而阴森可怖的故事构想，所调动的是读者的一种真切、独特的趣味，这趣味不涉及这样那样的说教，却能使人情感激荡而灵魂升华。在他看来，"一首诗的称号，只是它以灵魂的升华作为刺激。诗的价值和这种升华的刺激是成正比的。"[①]实际上，这被认为是诗的价值所在的所谓对灵魂升华的刺激，也被他把握为小说的价值所在。

在创构恐怖小说或科幻小说这一文体的同时，爱伦·坡

---

① ［美］爱伦·坡：《诗的原理》，赵澧、徐京安主编《唯美主义》，中国人民大学出版社 1988 年版，第 62 页。

也把别具意趣的侦探小说带进了文学史。这是又一非同寻常的创举，对于他，"侦探小说范式之父"的称号是当之无愧的。他留下的侦探小说作品只不过六个短篇，它们是《毛格街谋杀案》《玛丽·罗热疑案》《被窃之信》《金甲虫》《你就是那人》《长方形盒子》。不过，正像江河的源头，水流并不大，却已经蕴蓄了愈到下游愈波澜壮阔的全部可能性。数学式的缜密推理插着诗意的想象的翅膀，灵动的直觉在扑朔迷离的案情中往往会从常人的意想之外捕捉到通往真相的线索。往后的侦探小说巨匠柯林斯、柯南·道尔、克里斯蒂等都曾从这里获得灵感的启迪，也都曾从这里寻取他们命意的最初的范本。然而，后人从前辈那里所汲取的也许更多些谋篇策略或技巧性的智慧，爱伦·坡那"自己形成的某种形而上学"（瓦莱里）却是连着这位悲情充盈的人物的生命之根的。爱伦·坡让自己塑造的侦探解开了一个又一个人间罪恶的秘密，但他也以这种方式把自己对这个罪恶横生的人间的理解作为秘密留在了他的诗、他的恐怖小说和侦探小说中。

自 19 世纪 50 年代波德莱尔发现爱伦·坡以来，在一个半世纪里，人们取不同的视角、持不同的批评尺度对这位文坛怪杰作了种种考述和论说。承前贤之成就，曾从我治学的任翔君把爱伦·坡置于世界性文化危机的背景下，试图借着对侦探小说的别一种阐释，敞开其心灵深处那缕终究祈向人类自救的"颤抖的光"，于是，便有了这《文化危机时代的文学抉择》的问世。诚然，研究者和研究对象的真正相遇可能在于某种生命的沟通，而同一个有深度的灵魂交往亦当需有与之相称的灵魂的深度。任君的文字旨在对爱伦·坡心灵祈向上的秘密有所揭示，但这本身已是对揭示者自己生命蕴蓄之丰瘠的透露。值此书出版之际，我愿任君在"学以致其道"所必要的"庄严的注意"中，永葆一份由学人之天职所引发的"神圣的颤栗"（康德），亦愿学缘相契的读者以对任君文字的评品、匡正，择取一更相应的路径探胜于爱伦·坡的精神天地。

2006 年 9 月 30 日

于北京回龙观

（任翔：《文化危机时代的文学抉择——爱伦·坡与侦探小说探究》，北京师范大学出版社 2006 年 12 月出版）

孙秀昌《生存·密码·超越——祈向超越之维的雅斯贝斯生存美学》序

　　这里所造访的是 20 世纪哲学日历中一位高尚的智者：在他对所谓"思想范式的创造者"苏格拉底、佛陀、孔子、耶稣、"思辨的集大成者"柏拉图、奥古斯丁、康德、"原创性形而上学家"阿那克西曼德、赫拉克利特、巴门尼德、柏罗丁、安瑟尔谟、斯宾诺莎、老子、龙树等"大哲学家"，以其"颤动着的心灵"作了富于生命感的阐释后，人们也因此印象至深地记住了他的名字——雅斯贝斯（Karl Jaspers，1883-1969）。这个几乎终其一生处于"临界"体验的德国人是为寻觅"生存"的真谛而生存的，他以其全副生命培壅的"生存哲学"比同时代的其他任何哲学都更敏锐、更痛切地触到了人类文化危机的症结。

　　在"生存"引示的哲学视野中，人的灵魂的救赎是从个我灵魂的自救说起的。当雅斯贝斯说"人是仰望上帝的存在"时，事实上他也在告诉人们："上帝"并不在人性自在的个人的"仰望"之外。诚然，这"上帝"并不就是传统宗教意义上的造物主，它毋宁是人在省悟到人性的局限而把由衷

破这一局限获致的祈想中的神性向着虚灵的彼在之境的充量
投射。在雅斯贝斯看来，人可能因着生活于感性世界把受制
于感性视野的他认定为经验的实存者，也可能因着对所处世
界中的事物作对象性的探求认定自己为赋有知解意识的存在
者，人甚至还可能因着他以创设的一个又一个整体性观念来
规范他生活于其中的世界而判定自己为有着精神断制的存在
者；在人生存于其中的世界被做如此或如彼割裂时人的存在
也被作了如此或如彼的割裂，世界被人作如此或如彼割裂而
远离世界的本然与割裂世界的人因自我割裂而远离人的自我
是全然相应的。在对割裂世界而自我割裂却又浑然不觉的人
们做了如上的提醒后，雅斯贝斯遂就此引导自我割裂中的迷
途忘归者自作反省而返回人生之本真。问题不在于弃置人的
诸多执着而另辟蹊径，而只在于启示有着质疑和批判潜能的
人对人的自我割裂可能达到的视野边际予以质疑和批判。康
德的"批判哲学"所演绎的理性是雅斯贝斯所推重的，然而
在新的措思理路上，他把它收摄于克尔凯郭尔式的未可替代
的个人的生命体验。在质疑和批判中人凭着切己的感受或体
验溯向人的本源性，人由此觉识到自己的"生存"。

　　"生存"亦即切己的自我存在，这自我存在的切己性决
定了它永远不可被作为沉思或认知的对象。"生存"意指那
种内在的生命体验和个体无所依傍地超越当下的决断，它在
世界之内却又不囿于世界加予它的界限，它并不轻弃经验实
存、一般意识和精神，只是赋予实存、一般意识和精神以意

136

义而包容或超越它们。如此的作为切己之自我存在的"生存"
亦可视为无所不包的所谓"大全"——浑全的"一"——的
一种样式，就像经验实存、一般意识、精神乃至世界也是"大
全"的样式，但"生存"是一切"大全"样式的生趣所在，
是"大全"得以真正被理解或领悟的契机所在。"大全"的
所有其他样式只有关联于"生存"才不至于浮游无根而落于
空洞枯寂，不过"生存"本身乃是一个总在选择、觅求以缘
着值得的种种可能自致自立的过程。"生存"以开放的局量
拥抱更大的视界时能自作督责、有所担当，它永远处于未完
成状态是因为它从不自限于某一界限，也从不仅仅受动于既
得的际遇。"生存"不可以仅以有限视之，"生存"亦不可以
仅以无限界说，对于雅斯贝斯说来，"生存"之所以为"生存"
是因为它能反省自身的局限以趋于无限。换句话说，"生存"
有着"超越"的性态。这"超越"指向虚灵的"超越存在"。
因此，雅斯贝斯要分外申明，生存哲学的如下两重悬设虽然
在客观上难以确证，却在实践中可能实现。（一）面对这世
界的一切威权，人是自律的；个人在他成长过程的最后，在
他密接于超越性以及超越性的责任上，他决定了什么是最高
的真实。（二）人是超越性的一种根基，在那种至高无上的
决定中去服从超越性，乃是把人带到他自身的存在。

　　人——就其亲切体验本己之生命或所谓"生存"之意味
而言当然首先是作为个我的无可替代的个人——只是在祈
向"超越存在"时才真正成为人，但祈向"超越存在"则

出于人的自律。这自律亦被雅斯贝斯称作"内在自由"。雅斯贝斯从不曾轻觑以人权为鹄的的"外在自由"，他更多地强调"内在自由"是因为在他看来"外在自由"只有通过"内在自由"才能在人的自我成全（"生存"）上获得其真实意义。而且，他也更深刻地窥见，现代人的内在精神状况已经决定性地影响到人的可能选择和由此选择所引致的命运。所谓"内在自由"是指作为"生存"者的自我其重心自在的那种自由；它有着某种非对待的性质，其可能赢得则在于个我直面祈想中的"超越存在"时那种寻本溯源的心灵自致。依雅斯贝斯"生存哲学"的意趣，个我对自身"无知"的自觉是回向生存本源的第一步，这自觉意味着生存体验中的人从一切身外之物中的透出，对牵累于知识而自以为是的态度的弃绝。由自知其"无知"，人遂有志摇神夺般的"晕厥"感，并由此生出心灵的绝望的"颤栗"。随之而来的是人同"非存在"相对而视时的刻骨铭心的"焦虑"，它把人置于生命的"临界"处逼出那本真的人生所不能没有的"良知"。"良知"是从"生存"本源处放出的本明之光，凭着这光的烛照，人有了油然而生的"爱"和作为"爱"的清晰而有意识的存在确定性的"信仰"，并因此产生了借以拓展审观存在之视野的"想象"。"爱""信仰""想象"一体于"生存"的自由，浑化为精神内向度上的真实的自我。人秉其"爱""信仰""想象"而践履于现世的活动，被雅斯贝斯称为"无条件行动"，这行动的无条件是因着"爱""信仰""想象"等价值的无条件。由对存在的生命体验，从人的"无知"发见人的"良知"，由"良知"的无所依待引生"爱"和"信仰""想象"的无所依待，这是雅斯贝斯的"生存哲学"的最动人之笔。没有寓着"良知"因而孕毓"爱""信仰"和"想象"的"生存"，便无所谓"超越存在"，即使强以理智作"超越存在"的悬设，那没有"良知"之根的"超越存在"也只是徒具外在威压的心灵不可承受之累；同样，没有仰望——由"爱"而"信仰"和"想象"——中的"超越存在"，"生存"便会因着所蕴"良知"的闭结而终于沦为生机消歇的实存。"生存"因"超越存在"而生趣盎然，"超越存在"因"生存"而不再是虚悬于彼岸的超绝实体，但"生存"对"超越存在"永远可望而不可即，"超越存在"对"生存"也永远是那种此在的彼境。"生存"与"超越存在"间的这种亲切而紧张、紧张而亲切的张力述说着"生存哲学"最耐人寻味的奥趣。

犹如一般意识中的"实验"是所谓主观与客观的中介，在生存意识中"生存"与"超越存在"亦有其中介，雅斯贝斯称这种中介为"密码"。"密码"之谓，当然是就其密藏或隐含了"超越存在"的消息而言的，解读"密码"即意味着透视或谛听虚灵不滞的"超越存在"；"密码"又是相对于某种特殊的解读者而言的，这可解读密码者即是"生存"——有着切己生命体验的自由个我。"密码"并不就是"生存"与"超越生存"之外的一种存在，它聚合着祈向神性的人性和连着人性根萌的神性，它因着"生存"与"超越存在"之在而在。当雅斯贝斯说"密码就是超越的现实在世界里的形象"时，他乃是要申明通常所谓世界存在的种种表象无不可承载"超越存在"的消息而充任"密码"，关键在于这对于"实存"说来的"世界里的形象"必得经过"生存意识"的转化。换一种说法，在"实存"那里被把握在一般意识中的表象，经由生存意识的转化后，其在"生存"这里即是问津"超越存在"的密码。"实存"视野中的"世界存在"原是没有价值神经的，"生存"视野中的"世界存在"则涵贯了"超越存在"所赋予的价值。蕴含了价值灵韵的"密码"并非是独立自成的，当"生存"关联于"超越存在"时由种种现象充任的密码才可能发生，而只有当"生存"解读这些"密码"时它们也才真正称得上隐示着"超越存在"之徵妙的"密码"。倘关联着雅斯贝斯所说"生存的历史性"理解"密码"，"密码"显然就写在对于"生存"说来才真正有价值的"历史"（它记录着人与自然的交往和人与人的交往）中。"生存"的"历史"——人性在场因而神性亦在场的历史——是一部一直在续写而从未竟稿的大书，这书作为"密码"由三种语言写成："超越存在的直接语言"、"在传达中变得普遍的语言"、理性的"思辨语言"。所谓"超越存在的直接语言"，是指"超越存在"在苏格拉底、佛陀、孔子、耶稣一类卓异生存个体那里的直接呈现。这玄默的呈现不是似乎早已自在于彼岸的"超越存在"对某一偶然个体的显灵式的眷顾，它毋宁是"四大圣哲"这样的"生存"典范以其"思想范式的创造"对这一创造方向上可想象的那种尽致或极致境地的呼应。雅斯贝斯认为"超越存在"与"生存"的这种直接照面并不是任何时候都可能的，它只发生在某一不可重复的历史瞬间——因此他分外称述那个可视为其前后所有时代旋转之轴心的"轴心时代"。所谓理性的"思辨语言"即是致思于"超越存在"的成体系的哲学语言，它不舍范畴、逻辑而不囿于范畴、逻辑，"思辨的集大成者"柏拉图、奥古斯丁、康德等以其缜密阐述为这类语言做了最好的示范。所谓"在传达中变得普遍的语言"，则是指诉诸直观形象而祈向超越之维的艺术语言。"超越存在的直接语言"仅在当下瞬间的直接性中，为着将其转换为生存与生存之间可普遍传达的信码，人创造了建筑、雕塑、绘画、音乐、神话、史诗、悲剧等言说或表现方式。不过，艺术毕竟有其审美之维，雅斯贝斯为此把艺术分为两类：一类是仅在审美之维上投诸理想的艺术，他称之为"美的艺术"；一类是作为"超越存在"之密码而言说的艺术，即所谓"真正的艺术"或"伟大的艺术"。这两类艺术只在如下情形中是一致的，即美恰巧展示了"超越存在"或被显现的"超越存在"同时亦被感受为美。雅斯贝斯是鄙弃那种为美而美、无涉于形而上祈求的"美的艺术"的，他所看重的只是系念于"超越存在"而作为密码中介于"生存"与"超越存在"之间的艺术。

　　"生存""超越存在""密码"是撑起雅斯贝斯生存哲学之大厦的三个——不可再少的——支柱，然而历来学者考寻雅氏致思之究竟，或由其"生存"推绎"超越存在"之微瞃，或由其"超越存在"疏解"生存"之要谛，罕有人经心理会"密码"——尤其是由艺术这一"在传达中变得普遍的语言"解读"密码"——以阐释"生存""超越存在"而窥测"生存哲学"之全旨。绍继前贤、时彦的研索，孙君秀昌将雅斯贝斯"生存哲学"把握为文化危机时代的精神寻觅，由参悟"生存""超越存在""密码"的价值内涵入手，依着这一养润于"良知"而道德祈向至为明确的哲学的内在运思张力，对其做了略具一家之言的阐示。这题为"生存·密码·超越——祈向超越之维的雅斯贝斯生存美学"的文字由秀昌君的博士学位论文稍做修订而成，其中的瑕谪或可斟酌之处也许尚待指点，但摈绝平庸的那种强探力索则终竟全篇而见之于字里行间。其措思之深度当是会心的读者不难体究的，然而至可称述的还当是作者在属文时寓托进了自己瞩望于某种虚灵之真际的生命。

　　"我是否在青年时代将自己托付于一位伟大的哲学家，以及托付于哪一位伟大哲学家，这是一个哲学命运问题。"——秀昌君在他的论究"生存哲学"的文字中引述雅斯贝斯的这句话是意味深长的，他钟情于祈向超越之维的雅斯贝斯的生存哲学、生存美学，他也借此吐露了他对自己可能选择的"哲学命运"的承诺。

2009 年 12 月 20 日

于北京回龙观

（孙秀昌：《生存·密码·超越——祈向超越之维的雅斯贝斯生存美学》，人民出版社 2010 年 5 月出版）

杨俊杰《艺术的危机与神话：
谢林艺术哲学探微》序

　　在思致各有千秋的德国古典哲学家中，谢林也许是与艺术结缘最深而曾对其至为推重的一位。康德由探究审美契机而论及"美的艺术"，但其措思重心自始就在为实践理性所问津的道德上；他是立足于德福配称这一终极眷注批判地考察认知理性、实践理性和审美判断力的，因此他关于美和艺术的破的之语是："美是道德的象征。"费希特一度打算阐释康德的《判断力批判》，然而他终究不曾留下一部专为审美和艺术立论的著述；他把审美判断归结于"正题判断"，但在他的以"自我"为基石的哲学体系中，"审美自我"只是隐然可辨，并没有取得与"理论自我""实践自我"约略相当的地位。黑格尔以融摄实体与主体于一身的"绝对精神"建构了一个包罗万有的思辨体系，艺术被安排在绝对精神自我创设而自我意识的最高阶段，不过，这扬弃了其逻辑阶段、自然阶段而又在精神阶段中扬弃了主观精神、客观精神的绝对精神阶段尚有宗教和哲学，而且宗教高于艺术，哲学的"思考和反省"则高于艺术、宗教而"比美的艺术飞得更高"。

谢林却不同，他在其诉诸直观的"同一哲学"中让艺术与哲学分别充任"美感直观"和"理智直观"的角色，并判定这两种直观不分高下而相互依傍，以至于他由此指出："美感直观正是业已变得客观的理智直观"，而"哲学的工具总论和整个大厦的拱顶石乃是艺术哲学"。

在谢林属意于哲学之初，康德、费希特曾是他分外尊崇的人物，但即使是这时，斯宾诺莎哲学对于他来说仍是一道从未淡化的精神背景。斯宾诺莎的"实体"（"自然""上帝"）与费希特的"自我"间足够大的张力，成全着谢林的别一种哲学灵思，这期间最动人的秘密即在于对"自然"（所谓"客观的东西"）与"自我"（所谓"主观的东西"）的"同一性"的求取。无论中外学界的学人怎样辩说前期谢林的思想嬗变，我却宁愿将其视为"同一哲学"渐次形成的一个整体。谢林出版不无"自我"倾向的《知识学唯心论集解》（1796–1797），但这并未妨碍他又着意发表"自然"倾向明显的《有关自然哲学的一些观念》（1797）；他在营构其"自然哲学"时从未脱开他关于"客观的东西"与"主观的东西"本是"一个东西"的悬设，同样，他对"先验哲学"的申论与既经阐发的"自然哲学"也并无扞格。在我看来，其"自然哲学"与"先验哲学"原只是以"绝对同一"（"绝对者""上帝""大全"）为最高范畴的"同一哲学"的两个往复相应的环节：借用谢林用以理解人类历史的一个比喻（所谓"历史的伊利亚特"与"历史的奥德赛"），正可谓二者分别为绝对者的"伊利亚特"与绝对者的"奥德赛"。哲学，对于谢林说来，无非是领略上帝、绝对或大全之学，倘侧重于上帝之无限理念者（确立者）如何呈现于现实这一向度谛视上帝、绝对或大全，哲学之一翼即是所谓"自然哲学"；倘侧重于上帝之无限理念者所呈现之现实（被确立者）反观作为理念之大全或作为无限确立者之本原的上帝、绝对，哲学的另一翼则是"先验哲学"。上帝或绝对者的史诗"伊利亚特"（"自然哲学"）的结局，正好是它的史诗"奥德赛"（"先验哲学"）的序曲，绝对者的史诗"奥德赛"的完成亦即是整个"同一哲学"的完成，而在整个哲学大厦中处于拱顶石位置宣示其最后成形的则是所谓"艺术哲学"。

在谢林这里，上帝（绝对）自身之无限理念呈现为现实与上帝创造可直观的自然是同义语，此呈现或创造的三个环节或幂次（Potenz）为："物质""光""有机体"。相对于自然哲学所构拟的"自然"过程的三个幂次，先验哲学所关注的"自我"——绝对或上帝中融摄现实者于自身的"无限理念者"——生成或创造亦有三个环节或幂次，此即"知""行""艺术"。与"自然"和"自我"的三个幂次相应，"同一哲学"提出了三种理念，其分别为"真""善""美"："真"与"物质"和"知"相应，"善"与"光"和"行"相应，"美"与"有机体"和"艺术"相应。"真"意味着通过自然（"现实世界"）之第一幂次的"物质"与自我（"理念世界"）之第一幂次的"知"所可能达到的对绝对者的直观，"善"意味着通过自然之第二幂次的"光"与自我之第二幂次的"行"所可能达到的对绝对者的直观，而"美"则是经由"有机体"与"艺术"臻于绝对者之直观的最高幂次。依谢林的逻辑，最高幂次的直观应是最贴近绝对者因而对于绝对者最充分的直观，不过，同被关联于"美"的自然序列（现实序列）中的"有机体"与自我序列（理念序列）中的"艺术"并未被一例相看。谢林只是勉为其难而极有分寸地由"有机体"说到了"自然美"，却径直把艺术创造、艺术直观作了美感创造、美感直观的同义语。他把"艺术"视为"绝对者之流溢"（亦即把上帝视为"任何美的源泉"），并由此界说"美"："所谓美，无非是被实际直观的绝对者。"继康德的《判断力批判》——乃至可上溯到英国人伯克（Burke，1729-1797）的《论崇高与美两种观念的根源》（1756）——把"崇高"列于审美范畴，谢林也论及"崇高"，他称"崇高者乃是显现为无限者的有限者之从属于真正的无限者"。其实，无论是美还是崇高，底蕴都在于对绝对者或真正无限者的直观，而直观无限者，无论是获取美感还是崇高感，又都不能不借重有限者。崇高与美之间不存在根本的对立，其更大程度地被认可为美或更大程度地被称为崇高，仅仅在于被直观的无限者与借以直观无限者的有限者的关系：在崇高中，有限者对抗无限者却又作为无限者的象征；在美中，有限者表现无限者而与无限者相调和。谢林认为，把美和崇高融为一体的最好例证莫过于神话中诸神的形象，他们身上的崇高与美的比例往往取决于其受限制的状况，但无论如何，神成其为神，其形象绝不至于仅仅美而并不崇高或仅仅崇高而并不美。至少，从崇高与美相洽于一体而及于神话是艺术颇可探究的奥趣之一，谢林由此分外看重"神话"。

诡异的神话被视为无形无象的绝对者的映现：在神话中，绝对者作为普遍者（无限者）与特殊者（有限者）的绝对同一默然映现于一个又一个特殊的神中。神话被赋予的这一特征是耐人寻味的，这使它有可能成为心有所会的研究者出入"同一哲学"之艺术闳宫的又一条蹊径。中外的前辈学人对谢林的哲学而艺术、艺术而哲学的灵趣已多有悟解，但以神话为措思线索对同一对象再做窥寻似仍有必要。杨君俊杰正是从神话而至于"新神话"这里多少触到了谢林艺术哲学运思的机缄，于是，便有了他对一个并未陈旧的话题的新的言说——《艺术的危机与神话：谢林艺术哲学探微》。

俊杰的《探微》当然缕述了为谢林悉心分辨的两种神话——古希腊神话和基督教原则下的神话，但他由此所措意的是"同一哲学"的艺术视野中可祈之于未来的那种"新神话"。希腊神话中居于主导地位的是自然的现实，然而这是进到历史的自然，其间现实者对于理念者有着不言而喻的优势；与之相对，在基督教原则下的神话中，理念者对于现实者有着绝对的优势，但它毕竟不得不把精神王国的神灵置之于自然。前者的契机在于自然之神转化为历史之神，后者的契机则在于从历史之神转化为自然之神，因而，由此而可期待的则是那种自然与历史、理念者与现实者圆满融摄以至于绝对同一的"新神话"。俊杰是立于"新神话"的虚灵之境反观既已发生的希腊神话和基督教神话的，他也就此检讨了赫尔德所提出的"新神话"观念的学术贡献所在，并对谢林与耶拿浪漫派诸家——施莱尔马赫、诺瓦利斯、弗·施莱格尔大端处的分异做了扼要的考辨。毋庸讳言，我们所处的是一个理性逞肆而"意义危机"日趋深重的时代，《探微》对谢林"新神话"的分外看重还在于借此对艺术而至于文化危机的当有回应做一种提示。

诚然，俊杰的《探微》还只是一种尝试，无论是作者蕴蓄着的潜力还是方家富有启示性的质疑都还值得予以更大的期待。

2010 年 9 月 20 日

于北京回龙观

（杨俊杰：《艺术的危机与神话：谢林艺术哲学探微》，北京大学出版社 2011 年 3 月出版）

丁国旗《马尔库塞美学思想研究》序

　　从缀述《德国艺术小说》（1922）到结撰《审美之维》（1978），"艺术"和"美"一直是马尔库塞（1898–1979）足够长的学者生涯中情结最深而寄意至微的话语。这个法兰克福学派成员中"唯一没有放弃他的早期革命观点的人"（麦克莱伦语），诚然是以其"社会批判"或"解放"理论著称于世的，但在他这里，由"革命""批判"所求取的"解放"始终连着"艺术"和"美"的根蒂。

　　对"活生生的人"的处境、命运和可能归着的关切，是马尔库塞一生致思的原委所在。正是这份难以自抑的情愫，使他结缘于海德格尔而着意"让哲学关注人的生存"，却又终于不能长久踯躅于"此在"而"存在"的晦昧运思的路径上；使他得以从马克思那里窥知"人的外化、生命的贬损、人的现实的歪曲和丧失"这一"异化劳动"的秘密，却也就此让灵思的触角伸向弗洛伊德的本能理论，以寻觅人性、人类历史的某种自然机制。"人"把马尔库塞牵向海德格尔，又领着他趣归于所谓"马克思—弗洛伊德综合"，这在任何一个要么一意步武海德格尔之思、要么矢志笃信马克思主义或弗洛伊德精神分析的人那里似乎都是不可思议的，但对于别具一种"艺术"和"美"的眼界的马尔库塞说来，一切都顺理成章而毫无扞格。他把沿着现象学之路重构"存在"本体论的海德格尔学说处理为自己之创思的一层朦胧的哲学底色，把马克思终生为之奋争的"人的解放"作为自己即使颠沛造次也绝不弃置的使命，而他从弗洛伊德那里升华而来的"爱欲""死欲"范畴，则以其所导出的人的本能解放构成对马克思所属意的政治、经济而社会解放的必要补充。"艺术"和"美"是贯穿在这诸多思维纽结中的线索和灵犀，而当马尔库塞如此借重乃至神往于"艺术"和"美"时，他也对这块曾被无数智慧触动过的天地作了别具一种趣致的开掘。

在马尔库塞看来，艺术作为现存文化的一部分，它依附于这种文化，因而具有肯定的性质；艺术作为既存现实的异在，它又是一种否定的力量。于是，艺术的历史则被理解为这种对立的和谐化。就其作为一种异在或否定的力量而言，它是对现存事物的抗议，这抗议在以其"社会一体化"导致了人的精神批判向度丧失从而把人变为"单向度的人"的发达工业社会里，体现为一种果决的"大拒绝"态度。就是说，无论艺术怎样被现行的趣味及行为价值的限制所决定、定型和导向，它总会超越现实而拒绝扮演为当下辩护或被当下驱遣的角色。这用法兰克福学派另一位代表人物阿多诺的话说，即是：艺术对于社会是社会的反题，它通过自己对尘垢的拒斥批判着社会。不过，依马尔库塞的看法，艺术同现实之间这种密切而紧张的关系所以发生，乃是因为艺术尚有其另一个富于肯定特征的根源，这便是艺术对爱欲的执着、对生命本能的深切肯定——艺术以它的恒常性亦即其历经万劫而不朽的历史存在证明着这份不懈的执着和肯定。正是由于这内在的、发自生命本能的执着和肯定，艺术忘情地投身于不同于尘污世界的另一个世界，一个被向慕着的快乐、美丽、纯洁、高尚因而更真实的世界。艺术的执着于爱欲的肯定性根源同它的拒绝或批判当下现实的否定性品格原是一体的，它所肯定的更真实的世界为它对当下现实世界的否定指示某种虚灵而足可信守的标准，它的否定则为它的肯定开辟道路并为之拓出一个赖以寄托的空间。艺术的否定而肯定的根性使它得以豁免于单向度社会的物化过程，它可以含蓄而从容地肯定其所肯定、否定其所否定，而其凭借乃在于使艺术终究能够成一"自律的王国"的审美形式。

马尔库塞对审美形式的看重有着西方第三次审美自觉的背景，不过，与这思潮中隐然贯穿的主导意识不同，他让重新申论的审美形式背负了"解放"的使命。西方的第一次审美自觉发生在古希腊，它相应于艺术从实用"技艺"中的分化，而以柏拉图借着苏格拉底的口说出"美本身"并就此引出"什么是美"或"美是什么"的发问为标志；第二次审美

自觉发生于"美"脱开神学控摄而寻求独立的近代，它是以
鲍姆嘉通提出"美学"（Ästhetik）范畴以称说一个全新的
学科领域为标志的，却只是在完成了哲学上的"哥白尼式
的革命"的康德那里才获得了经典的阐释；第三次审美自觉
发生于西方文化危机由隐而显的 19 世纪中后期，它是对前
两次审美自觉的富于时代感的回味，其标志乃在于"为艺
术而艺术"这一唯美主义口号在诸多美学或文论流派那里
的延续和嬗变。"形式"是三次审美自觉中共通的切要话题，
它的一直被提起是因着"美"的价值趣向被异化了的人的
现实所遮蔽。相对于前两次审美自觉，第三次审美自觉对
"形式"的强调显然更引人注目些，而这期间，马尔库塞由
审美形式辨说"审美之维"，当可视为对诸多先驱之说的不
无批判的承继。当他说"在审美的形式中，内容（质料）
被组合、整形、调整，以致获得了一种条件，在这种条件
下，'材料'或质料的那些直接的、未被把握的力量可以被
把握住，被'秩序化'"（马尔库塞：《论解放》）① 时，他明
显汲取了俄国形式主义者日尔蒙斯基以"材料与程序的对
立"取代"形式和内容这一传统划分"的见解（参看日尔
蒙斯基《诗学的任务》）；当他就"艺术作品中，形式成为内
容、内容成为形式"而称述所谓"形式的专政"（马尔库塞：

---

① ［美］赫伯特·马尔库塞：《审美之维》，李小兵译，广西师范大学出版
　　社 2001 年版，第 114 页。

《审美之维》）①时，他则借鉴了俄国形式主义的另一代表人物艾亨鲍姆由"'材料'的概念仍在形式范围里，它本身就是形式"而断言"形式消灭了内容"的思路（参看艾亨鲍姆《形式方法的理论》《论悲剧与悲剧性》）；从他所谓"艺术家对形式的执着……形式是艺术本身的现实，是艺术自身"（马尔库塞：《论解放》）②的说法，人们当然有理由把他关联于那认为"诗人或画家缺乏了形式，就缺乏了一切，因为他缺乏了他自己"（参看克罗齐《美学纲要》）的意大利美学家克罗齐，而当他毫不含糊地说出"艺术就是'为艺术而艺术'"（马尔库塞：《审美之维》）③时，我们甚至可以由此合乎逻辑地追溯到19世纪英国唯美主义者王尔德以至法国唯美主义者戈蒂耶。然而，从最早的唯美主义者到20世纪依然借着审美形式为艺术张目的美学家、文论家们，其心神所注乃是要在利欲算计无处不在而无所不用其极的时风下为艺术和审美守住一份贞洁，为本然意趣上的人生留住一份虚灵的诗意，而马尔库塞却不尽相同，他从审美形式这里找到的不仅是建构艺术的"独立王国"的凭借，还从中发现了它展示人的"解放图景"的潜能。他不能满足于审美形式对作为一块文化领地的艺术的守望，于是，进而赋予了它一种重新夺回人丢失

---

① ［美］赫伯特·马尔库塞：《审美之维》，李小兵译，广西师范大学出版社 2001 年版，第 217、218 页。
② 同上书，第 111 页。
③ 同上书，第 204 页。

在异化中的一切的进取姿态。

如同一出剧、一部小说，只是借助于可升华"素材"的"形式"才成了真正的艺术作品，马尔库塞也让审美形式做升华整个社会而使其达于某种理想境地的承诺。他在否定的意趣上把"艺术之道"理解为"持久的审美倾覆"，却也在肯定的意趣上倡导一种"艺术理性"或所谓"新的人道的理性"：在一个非物化的、真实的和客观化的恰当形式中重新建构科学和技术活动。这由"艺术理性"所要求的"恰当的形式"即是内涵被推扩了的审美形式。马尔库塞断言"审美的改造就是解放"，这不仅是就狭义的艺术作品而言的，也是就他心目中的理想社会这一可以狭义艺术作品相喻的作品而言的，所以他竟至在"审美之维"上安置了他祈想中的乌托邦："在为达到此目的而对社会的重新建构中，整个现实都会被赋予表现着新目标的形式，这种新形式的基本美学性质，会使现实变成一件艺术作品。"（马尔库塞：《论解放》）① 而这乌托邦，则正可以说是他从"艺术"的"大拒绝"中寻得的大希望。在如此"大拒绝"而大希望的审美之维上，马尔库塞书写了他的整个人生。

眼前的这部著述《马尔库塞美学思想研究》，就是措意于马尔库塞在有着"大拒绝"品格的审美之维上获致大希望

---

① ［美］赫伯特·马尔库塞：《审美之维》，李小兵译，广西师范大学出版社 2001 年版，第 105 页。

的心灵踪迹的，它的作者丁君国旗曾从我于中国人民大学文学院治学三年。书中断制或有近于马氏义理之真际者，乃丁君勤学笃思所得；或不无疏陋讹谬处，则为师者难辞误导或失察之责。唯此书自谋篇至缀文横摄多端而颇见著者用功之苦切，却反衬出向着深微处做纵贯式的强探力索尚可再积跬步——比如，马尔库塞让"艺术"和"美"所做的"社会的重新建构"的承诺是否已超出了其力所可及的限度？而他不曾让"艺术"和"美"做出承诺的德性自律的人生价值是否竟在他可能大的视野之外？这些罕有学人以相应深度论及的问题，国旗或当有所理会。

"君子学以致其道"，"致道"则任重而道远。国旗既已奋勉于途中，自应不遗余力，以尽偿学人之所愿。

2008 年 12 月 28 日

于北京回龙观

（丁国旗：《马尔库塞美学思想研究》，社会科学文献出版社 2011 年 6 月出版）

牛军《熊十力文化思想研究》序

　　在 20 世纪蔚为大观的"当代新儒学"思潮中，熊十力堪称以"返本开新"创思造论之重镇。这位终生未脱去朴野之气的学人并未孜孜于考据以攀爬皓首穷经之途，其运思缀虑诚如所言"吾之为学也，主创而已"。"数荆湖过客，濂溪而后我重来"，这在 1918 年流寓庐山时的题壁，是他就此开始的半个世纪的学术生涯的告喻：一如周濂溪以亦儒亦道的措辞精心结撰其"太极图说"，熊氏以亦佛亦儒的术语"劈空建立"了"新唯识论"；前者曾引发了其后绵延于宋明六百年的新一代儒学，后者及相继对其有所补正的《原儒》《体用论》《明心篇》《乾坤衍》等则成为 20 世纪儒学再度复兴的奠基之作。

　　道（光）咸（丰）以降之晚清以至离乱依然的民国之初，递变着的新旧两派之争从未间断。这国之乱势似是由不已的相争酿成，然在熊十力看来，"吾国今日之乱，不缘新旧思潮异趣，仁义绝而人理亡，国无与立也"。因此，熊氏立论自始即"以返本为学"，亦即以"求识本心或本体"为学。这里吐露的是牵动于现实关切的一种终极眷注，而眷注于"本心""本体"的义理建构最终却不能不对现实的人文难题有所问津。于是，熊氏的全副学思之推绎遂有了如下逻辑："于宇宙论中，悟得体用不二。而推之人生论，则天人为一……推之治化论，则道器为一。"

在以"返本"为要机的"亦佛亦儒、非佛非儒"的理致建构中，熊十力并未忽略既已拓辟于西方的"科学""民主"。但正是这"科学""民主"须得开出（"开新"），使"道器为一"的治化论首先露出了难以弥合的罅隙；而且，缘于运思逻辑的一以贯之，这罅隙又必至累及"体用不二"的宇宙论与"天人为一"的人生论。为了义理体系的条畅，熊十力在《新唯识论》"究万殊而归一本"——以"唯识"之"新论"而将万有归诸"仁"这一"本心"后，又著《原儒》（上、下，1954、1956）、《体用论》（1958）、《明心篇》（1959）等对先前之所论多有补削，最后，则由《乾坤衍》（1961）宣述了他的"衰年定论"。如果说从《健庵随笔》（1913）、《心书》（1918）到《新唯识论》（1932），更多地显现出熊氏思想的"不变而变"，此即在以儒为宗的趣向不曾改变的理路上"变"而汲取了佛家空、有两宗的慧识，那么，从《新唯识论》《读经示要》（1945）到《原儒》《体用论》《明心篇》《乾坤衍》，便可谓其既成义理统绪的"变而不变"，此即其所谓"体"（"实体""本体"）的蕴义变得"复杂"（"体"由"仁体"或"良知"变而为"具有物质、生命、心灵等复杂性"的"实体"），而"体用"之"不二"、"天人"之"为一"、"道器"之"为一"的运思断制却终究不曾改变。如此之不变而变、变而不变的思路跌宕，固然隐贯了熊氏"寻晚周之遗轨，辟当代之弘基，定将来之趋向"那份心志之真切，但因此却为后来之学者所欲窥寻的熊氏学说之谛义罩上了重重雾霭。

《新唯识论》出版的当年，即有刘定权《破新唯识论》一文发表，次年初太虚又以《略评新唯识论》一文与之商酌。自此，随着熊氏诸著的出版，研琢其学说者亦渐次增多。20世纪50年代初，陈荣捷以英文撰写《现代中国的宗教趋势》，其第一章第四节"唯识论新儒家的发展"或是中国学人首次向西方介绍熊氏思想，80年代后，国内对熊氏之学的探讨则日见其盛。绍承前贤，2008—2011年间曾从我治学的牛军君，其博士论文选题即为"熊十力文化思想研究"。

牛君先前之所骛多在于文艺理论，成为中国人民大学国学院博士生后方才潜心理会20世纪"新儒学"思潮。在浏览了这思潮中诸多人物的著述后，他最终选择了更富原创性的熊十力之学说作为他博士论文研凿的对象。约略三年，一篇取"中西之辨"视野考述、辨析熊十力文化思想的论文撰成，而牛君也由此历经了一次"史"的跋涉和"思"的攀摩。毋庸讳言，论文之所论不无尚可斟酌处，然字里行间亦多能透出不甘平庸的学子的刻苦与奋拔。

治学或当以生命相就，学人措思局度之广狭终究取决于其心灵境界之高下。值此《熊十力文化思想研究》即将付梓之际，我愿录熊十力《十力语要》中的一段话于下，以与牛君及读者诸友共勉：

> 为学，苦事也，亦乐事也。唯真志于学者，乃能忘其苦而知其乐。盖欲有造于学也，则凡世间一切之富贵荣誉皆不能顾，甘贫贱，忍澹泊……孜孜于所学而不顾其他，迨夫学而有得，则悠然油然，尝有包络天地之概。斯宾塞氏所谓自揣而重，正学人之大乐也。

2017 年 12 月 5 日

于北京回龙观

（牛军：《熊十力文化思想研究》，中国社会科学出版社 2018 年 9 月出版）

王均江《走在海德格尔的
"林中路"上》序[*]

2005 年 9 月的一天，我第一次见到均江。他来人大文学

院做博士后研究，我是他的合作导师。随和、文雅、一汪清水，这是他留给我的最初印象。但很快，我发觉，这汪清水不是一眼见底的那一种：水打着旋儿，透出内在的紧张。在此后的两年中，我们常常碰面，每次碰面他都有问不完的问题，近于辩难的对答也许能多少缓解他问疑的急切，而我却总被置于一种匆忙措思的促迫中。

今年 6 月，均江自武汉发信来，邀我为他即将出版的书稿写序，我答应了。我知道，他是想借此同我一起回味那段难忘的学缘。这书稿是一部文集。集子中所辑的文字分作四篇，首篇"海德格尔与现象学研究"显然是书的主体部分，而开篇即是他完成于七年前的博士后出站报告《艺术：开启与守护本源的敞开域——对海德格尔〈艺术作品的本源〉的阐释》；其他文字，有的属于中国古典哲学研究，有的涉及美学，有的则是对当代中国文学作品的评论。文思及于古今中西，头绪可谓多端，但其间毕竟贯有一条提挈全书意蕴的线索，此即"存在"论的艺术观及其与之一体的现象学方法。如果说有关海德格尔的文字是对这种艺术观和现象学方法的阐示，那么其余诸篇便无不可说是对这观念和方法的运用或印证了。其于老子之"道"，所论为"老子道论的现象学阐释"；其于李贽学行，所论为"现象学视野中的李贽求道之路"；其于悲剧，所论为"现象学视域中的古希腊悲剧"；其于当代作家韩少功所谓"临时建筑"之说，则释之以"海德格尔意义上的'诗'或'诗意创造'，建基于对世界真相的

162

揭蔽"，而格非的"江南三部曲"也被"比为一座希腊小庙"并以之"笼罩在海德格尔式诗性的光晕之下"。系于存在之思的现象学方法是这文集纵论中西古今的底蕴所在，其千言万语之鹄的则在于取法海德格尔以期在文化"末世"对人类生机之"本源"有所"开启与守护"。

在海德格尔那里，艺术被视为真理的生成或存在者之真理的显现，而真理在被喻以"无蔽"时其本质被归结为"澄明"与"遮蔽"的对抗，这种对抗或所谓原始争执见之于艺术作品则有"世界"与"大地"的争执——尽管"世界"并非直接就是与"澄明"相应的敞开领域，"大地"也不径直就是与"遮蔽"相应的锁闭。作品之为作品存在——而非器具存在——的基本特性有二：一在于开启或建立一个世界，一在于构筑或制造使所建世界得以立于其上的大地。这"世界"是一个敞开之域，相关的存在者于此进入其存在的无蔽之中或显露其本真存在，而敞开之域的敞开性也得以就此获得栖身之所。然而，一个世界的建立是不能没有质料的。与用于制作器具的质料消失在器具的器具存在中不同，用于作品开启世界的质料反倒被带进所建世界的敞开之域中，而这也正意味着蕴藏质料的大地被挪入敞开之域以成为作品制造的大地。此即所谓作品让大地成为大地。有着自行锁闭特征的大地是万物的庇护者，它倾向把世界摄入它自身，但自行敞开的世界不能容忍任何锁闭，于是便有了世界与大地的对立。不过这对立却只是一种争执，双方在争执中相依为命：

世界立身于大地，大地因着世界这一敞开域而得以涌现；争执使一方超出自身包含另一方，双方由争执而产生质朴的恰如其分的亲密。这处于作品统一体中的争执，维系着作品之作品存在，亦构成真理生发的契机。海德格尔对于"艺术作品的本源"的究寻在全然异于传统趣致的别一路径上，其措辞之奇突与运思之诡殊在古往今来的学人中罕有其匹。"无蔽""遮蔽""去蔽""澄明""敞开""闭锁""争执"……艺术的真谛在层层隐喻的簇拥中，唯有会心者靠了生命的真切体验将所喻一层层剥开才可能与之相遇。均江在其七年后发表的博士后出站报告所做的正是这件事，从对海德格尔艺术观的阐释中他收获的是一种理解艺术的新视野。

在一定意义上说，海德格尔的艺术见地以至其整个学说是"现象学"的，但这是从胡塞尔现象学那里受到决定性启迪却又终于依别一旨趣而歧出的"现象学"。在海德格尔看来，现象学乃是一种方法，不过这方法不是在工具意义上，而是在世界从哪里着手探究这一先行筹划的意义上。他是从"实际生命经验"着手探究世界的，这使他循着胡塞尔的思路踏上现象学之途而最终辟出了全然属于他的运思蹊径。海德格尔从"有东西吗"这样一个"问题体验"开始他的独异思考，在寻问中他把被寻问的"东西"分为四个层次：前理论而前世界的东西，亦即"原始的东西"；前理论而世界性质的东西，亦即"真正的体验世界"；理论的"对象性的形式逻辑的东西"，其起因于"原始的东西"；理论的"客体性质的东西"，其起因于"真正的体验世界"。与"客体性质的东西"的理论把握相应的，是传统的经验主义方法或"总体化"方法；与"对象性的形式逻辑的东西"的理论把握相应的，是传统的理性主义方法或"形式化"方法；而要进到"真正的体验世界"及"原始的东西"，亦即"前理论的东西"，则需要"形式显示"这一现象学方法。"形式显示"并不像"形式化"的方法那样把现象的关联意义律则化以觅求形式的普遍性，而是形式地指出方向、道路，以求在实行中引出可能的、动态的因而具体化的生命经验。"形式显示"之说在30年代后的海德格尔那里已几乎不再被提起，但这曾把他同胡塞尔关联在一起而又使他揖别胡塞尔的方法，毕竟融进了他的关于"在无蔽和遮蔽中的存在者之存在"的致思中。均江以专文讨论过"海德格尔现象学的基本方法"，而在这文集所辑的文章中亦多有"现象学阐释""现象学视野""现象学视域"的申示，敏于察探的读者或正可以就此领略这位年轻学子不懈于学思的那份海德格尔情结。

　　或是出于觅路者的敏感，我注意到这样一个细节：均江曾撰《海德格尔的真理与信仰》一文，刊于我主编的《问道》第二辑（2008），这唯一一篇对海德格尔有所批评——以为从其"真理观"中"很难找到海德格尔有什么确定的信仰"——的文字没有收入文集。显然，这经过斟酌的决定是审慎的。均江当年属文时也许多少受到我对海德格尔的解读的影响，到六年后重新推敲时终是不免于狐疑。然而这于我倒是一次机缘，似正可借这部文集的出版把我 16 年前一个多少显得冒昧的说法撮录在下面，以求正于均江而乞教于方家。那段评说《存在与时间》于人生无待向度有所疏略的文字是："海德格尔的以亲在（此在）为主题的存在论仅是从亲在的人缘、物缘等有待向度上说起的，亲在存在的无待向度既然在他的视域或思域之外，道德在亲在之存在意义上被冷落也便在情理之中……价值无着即无境界可言，无境界的存在论所描述的终究是挣扎于可能之在中的个我的人的命运。"

均江在人生的途中，亦在治学的途中，种种可能的未来遭际向他敞开着。我寄厚望于他。

2014 年 9 月 28 日

于北京回龙观

（王均江：《走在海德格尔的"林中路"上》，华中科技大学出版社 2019 年 3 月出版）

王永年《生命的张力
——人类双重价值追求论略》序

在更多的人把切己的功利视为人生之首骛的时下，我读到王永年君谈论崇高的文字。"崇高"一语曾被过分铺张地随机使用于当下需要，以至于在一个足够长的时期里无可挽回地落于乡愿。罩在这词语上的令人肃然的光晕早就在往事的片段联想中消逝了，那些自以为从历史的背景那里找到真实教训的人们，至今说起它来仍然羞涩难以出口。其实，即使从此永远摈去这个不幸被亵渎的字眼，人的生命中越出平庸而祈望高卓的那一精神维度也绝不会随之全然萎谢，这是一重活在人生践履中的终极眷注，永年君的文字正是从这里说起的。

诚然，他也申说"幸福"，并把"幸福"作为堪与"崇高"并称的又一重赋有终极意趣的人生价值，但当他把"幸福"理解为能够引起"欢欣愉悦体验"的那种"同健全期待和谐一致的存在状态"时，所谓"健全期待"已经多少道出期待着的心灵所受祈慕中的"崇高"的陶冶。这里，"双重价值追求"的提法，显然受康德的"至善"——由至高的道德与充量的幸福配称一致界说其内涵的圆满的善——观念的启示更大些，而他的一个重要理论依托在于马克思所谓"每个人的全面而自由的发展"，或所谓"建立在个人全面发展和他们共同的社会生产能力成为他们的社会财富这一基础上的自由个性"，并且，正因为这样，被反复检讨的"崇高"也已不仅仅指谓道德的高尚。

依康德的说法，"哲学在古人看来是指教人什么才是'至善'的概念，并指教人什么是求得它的行为的"，这当然主要是就苏格拉底之后的古希腊哲学而言的。事实上，"至善"作为"轴心时代"（雅斯贝斯）——古希腊出现苏格拉底、古印度出现释迦牟尼、古中国出现孔子的时代——萌生的心灵祈向，也未始不可印证于中国。中国先秦儒家典籍中就有"止于至善"之说。其"善"的内蕴是由"明明德"（去私欲之蔽以敞露或恢复人性本具的德性之明）、"新民"（自明其"明德"推而及人以"新"之）指示的，"止于至善"遂关联着"明明德""新民"被谓之"大学之道"。"至善"在中西诸多哲学流派或哲学家那里涵赅多有不同，但无论是更重于"幸福"以从"幸福"推及"道德"，还是更重于"道德"以从"道德"推及"幸福"，或如康德那样寻求"德""福"的先验综合，其所确认的"善"之"至"者皆被提撕为一种终极的人生关切。永年君以"幸福"和"崇高"为人生的双重价值追求，其所论固与古人之"至善"向往有所契，却也忧于世风而更重反求诸己之生命体证。

王永年《生命的张力——人类双重价值追求论略》序

永年君的这些文字的问世并不从容，从命意的酝酿到语词的拣选，都看得出作者意在振作世道人心的急切。他带着深切的人文忧患意识就此著书立论，实属难能可贵。他的思考和言语显然不拘泥于学院式研究的绳墨，论著的字里行间透露着尚未沉迷于技术化写作的那份心灵拙真。"崇高""幸福"一类人生价值话题终当诉诸生活践履，重要的当然在于逻辑推绎的缜密，却也还在于生命体悟的真切。"至善"自是人类心灵投向终极处的一种希望，这希望带给那些不愿割舍希望的人以灵魂回机向上的可能。永年君的文字亦可说尚在"学以致其道"的途中，可贵的是，艰辛的思路跋涉者毕竟在这里为自己留住了一缕希望之光。

2002 年 7 月 20 日

于福州小柳

（王永年：《生命的张力——人类双重价值追求论略》，海风出版社 2002 年 9 月出版）

王永、余文森、张文质主编《指导—自主学习：一项培养能够自主发展的人的教改试验》序

　　教育的职志在于"立人"，但"立人"并不就是把一个个活生生的人绳削为某种模式化了的"人"的例证。对每个人——因而一切人——的成全，始终被视为目的而不只是手段，这是教育的本然命意。

　　人文教化的一个永远耐人寻味的事实是：前人在为后人留下可资承继的文化遗产的同时，又赋予了后人一副副有着大体相应的承继能力的身心。人文的赓续不同于天然的绵延，真正的人文继承是不可能没有创造的性状生发于其中的。创造意味着一种能动，一种对既得文化遗产的超越，这超越的契机隐伏于每个活生生的人同被继承的文化遗产的张力中。教育既然是对以社会方式而又以个我形态存在着的人的成全，它便应当在尊重文化遗产的族类属性的同时也给予受教育者的个性以相当的尊重。把文化遗产程式化乃至把程式化了的遗产绝对化，是对受教育的个人的偶然化，然而，文化遗产的生机的获得只能托望于有个性的个人，而不是那种偶然的个人。

　　由王永、余文森、张文质三位先生依据原漳州市第三中学教师纪秀卿数学教学经验倡导的"指导—自主学习"教改试验，本质上涉及整个教育界的教学观的转换。这转换的深刻而切近的意义在于：传统教学法中实际上被当作偶然的个人的受教育者，现在正被改革中的教学方式真正认可为有个性的个人。

　　初中学生尚未形成富有个性的人生视界，但这并不意味着可以忽视他们的已见端倪的个性趣向。知识的汲取似乎以记忆和模仿为能事，其实更重要的却是理解。理解总是某种理解结构中的思维活动，而理解结构的形成与更新往往须有智慧的参与。对于没有自己的理解结构的人说来，因着灌输而得到的知识难免成为外在的负累；在生命智慧终于隐而未显的情形下由模仿而获致的理解结构也绝不会有创发的机制。"指导—自主学习"教学法使学生的学习由被动转为主动，这一转，转出了学生的无可推诿的主体责任心，也转出了先前可能处在压抑或非觉醒状态的那种自决、自断的智慧。这期间，教师的作用并没有因此多少有所淡化或削弱，相反，学生由接受型的静态从学到参与型的动态趣知，要求教师出于更高的境界给予他们以智慧的理解结构层面的指导。学生的主动逼使教师以更大的主动与之配称，"指导—自主学习"教学法把知识授受引向智慧的启迪，而这智慧的启迪又牵动着整个生命的投入。

　　"指导—自主学习"教学法尚在探索中。诚然，它在德化、尤溪、长汀、龙岩、安溪、宁德、南平、长泰以至福建更多的县市已经初见成效，但这项教改试验的倡导者、参与者们却宁可把它的可能要大得多的辐射力蓄养在一个又一个的个案中。审慎与希望同在，"指导—自主学习"教学法也许正因着这审慎中的希望，又添了几分含蓄、动人的魅力。

1998 年 1 月 20 日

于福州小柳

（王永、余文森、张文质主编《指导—自主学习：一项培养能够自主发展的人的教改试验》，福建教育出版社 1998 年 5 月出版）

张文质《引向黑暗之门》跋

　　我怀疑我对诗的鉴赏力已经很久了，但现在要为文质的
《引向黑暗之门》写跋。捧着沉甸甸的诗稿，我的心往下沉。
当然，借着一部新诗集的问世，就诗说几句话我是情愿的：
这一面因着怯于自信的我终于抛不开"人心皆有诗"的慰藉，
想为留住诗的品读者的资格做最后一次尝试；一面也还在于
文质同我之间的诗意澹澹的诗外之交——他的丛诗《生命之
约》起先便是题赠给我的。

　　古人吟咏，即使是发于未可理喻的性灵的触动，也总要
把这被触动的一瞬勉力表达在一幅略有布局而使会心者有入
路可寻的画面或境象中。今人写诗，即使是偶尔捕得了稍稍
有边缘（于是稍稍有徵向）可凭的审观图景，他也会着意加
以切割、碎裂，让它遁到一层心灵的雾霭后面去。两者都不
可能没有绳削的，不过，一在于结网，一在于断丝。前者倘
绳不着迹，削不见痕，大约就是司空表圣所说"不着一字，
尽得风流"或严沧浪所说"羚羊挂角，无迹可寻"的气象了，
但"不着"或"无迹"，是在于不露声色、自然而然地把可

能的被感动者引向涵淹于辞色音韵中的"兴趣"（严沧浪）、"神韵"（王渔洋）或"境界"（王观堂）。后者若是也得了绳削的三昧，那情形便可能是字字无挂搭，句句不连属，不再为多情的读者留下任何通幽的曲径。当然对于当代的诸多诗作者说来，也许"幽"本身原只是无何有之乡的悬设，因此那"通"也便只好被调侃为一种笑柄了。

古诗有重心，因而诗有"诗眼"，词有"词眼"，得其眼即可窥其全。今诗不再有"眼"可言，它尽可能地遮蔽一切心灵的感光点，只托出那么一点摆脱拥抱的情绪或氛围，在冷寞的拒绝中送出些许秋波。其实，真正说来，古诗反倒大度些，今诗在它腾挪闪避中总有几分羞涩和胆怯。这或者可以如是看：流传迄今的古诗多是不同运会下的成年之作，而匆忙中寻路的今诗，在一波三折之后还磕绊在自谋自划的迷宫中。

王观堂《人间词话》谓："四言敝而有《楚辞》，《楚辞》敝而有五言，五言敝而有七言，古诗敝而有律绝，律绝敝而有词。盖文体通行既久，染指遂多，自成习套。豪杰之士，亦难于其中自出新意，故遁而作他体，以自解脱。"观堂品题诗运只说到"词"，但显然，在他撰述《词话》的年代差不多已可说是到了词敝而有待新诗的时节了。新诗意味着对四言、《楚辞》、五言、七言、律诗、绝句、词的"遁而作他体"，但"他体"之"体"（体段、体位）的觅得又谈何容易呢？

新诗的第一声咏叹是和"五四"的启蒙呐喊同时发出的，它只是更多地表达了对一切既成格律的古体诗词的亵渎

张文质《引向黑暗之门》跋

和叛离。但无论如何，我们没有权利嘲笑《尝试集》一类文字的作者们，因为至少，在东渐的西学的催逼下，他们的不免浅近的诗兴中还保留着几分探路者的拙真的天趣。在此后的近 30 年时间里，新诗穿过戴望舒的"雨巷"，从李金发那里唱出了"明星出现之歌"，而且，即使在徐志摩吟说了"沙扬娜拉"（再见）之后，它也还借着艾青的口嗫嚅地宣布过："死？不，不，我还活着。"然而，略见端倪的"自由诗派""格律诗派""象征诗派"或所谓"浪漫派""现实派"的分流，终于被融进了底调悲郁而节奏粗犷的救亡进行曲中，新诗在民族危难的时刻凭着良知让自己扮演了"战歌"的角色。

20 世纪 40 年代末，历史在中国留下了一块界碑，一切在这里休止，然后改换另一种方式。一直用着诗的名义的"战歌"从此流衍为"颂词"。起初颂词是由衷的，接下去便成了过于铺张的谀语。诗不再能守住诗成其为诗的那个理念，"应制"或"美刺投赠"的结果是诗赖以创意的个我心灵的折丧。

在"五四"后的第二个 30 年就要过去时，中国的诗坛出现了"告诉你吧，世界／我——不——相——信"（北岛），"黑夜给了我黑色的眼睛，我却用它寻找光明"（顾城）一类句子。它们被它们的愤激的批评者称作"朦胧诗"。"朦胧诗"并不朦胧，朦胧的只是读诗者乃至写诗者在回眸审视这类诗的历史凭借时的那双眼睛。这是一次新的开始。它意味着一种挣扎，一种抗议，一种对新诗历史的重新接续，一种对诗的理念的朦胧的索回。不过，这时，西方解构主义的幽灵已经漂洋过海，游荡到了中国。解构主义是富有喜剧色彩的结构主义的乐极生悲，但它在中国的真实效应却是对刚刚酝酿出的不多的时代悲剧感的彻底喜剧化。80 年代中后期，借着对朦胧诗的鄙夷不屑地一瞥，一批以消解价值、消解意义、消解任何稍稍可体验的情感为能事的"诗"们蜂起于中国。"结构"与"解构"也许是诗或一切寓于语言的创作或表意活动所必要的张力，痴心于后者的人们却渴求着挣开一切人文重力场的跳跃。任何一次新的"结构"的创发都意味着一次"有死的生命"的诞生。为着一劳永逸地避开生命之死的大限，那些把"生"的防腐剂洒进所有语言缝隙的"解构"者所赢得的却只是"不死的死亡"。"诗"从一切言语格式中逃了出来，但逃出枷锁的那些文字只好由每个造出它们的人自己命名其为"诗"。"意向"已经是最受嫉恨而到处被驱赶的鬼魅，但奇怪的是，在"意向"的嫉恨者那里，往往藏不住作意表演——敌视"意向"的表演——的意向。

文质的《引向黑暗之门》是 1990—1996 年的作品，那最早的句子显然还带着时潮中的诗的胎记：

老虎下岗，幼狮在集市上找人握手。阳光出来，酗酒汉子寻找布鞋，一块布隔住我倾听寒冰在窗帘下飘过的面孔。

——《构成Ⅰ：秋天的橱窗》

但同一首诗里，也有成段的文字在吐露细腻、动人、伸手可触而又未可捕捉的心的"倾听"：

> 谁倾听，水的滴答，滴……答，有一部分的感觉，我的手触到一片羽毛，我的手飘逝了。然后是谁心中的瓷碗落在水门汀上。一座大楼因而是空的，它仍然存在那里很久。它有自己的纹理、毛色，甚至非常优雅的排泄设备。它使我低下头来倾听时间，就像空想者常做的那样。

我并不总能够有足够的耐心整首整首地读完辑集在这里的诗句，因为我无法轻易放下我被它们真正打动的期待。但除开欣赏那些随处可见的深美、灵动的造句外，我也从过于茂密而诡异的词语中感受到了一个真诚而不懈地自审的灵魂：

> 词语压迫，梦想更多，在尘土中不停地翻身，我忍受着随手写下的这些歌，它们低回，婉转，仿佛没有最后的终结。
>
> ——《黑夜笔记之三》

他似乎终于有所悟：

> 黑夜收藏了大地的婴儿，为梦乡中一抹虚无之光，盛开的甜美的花，我选择了最有诱惑的一朵。
>
> ——《初春》

"最有诱惑的",在他那里也是最能逼住生命的最后承诺的:

我开始明白,我已来迟,我的一生将为万物守灵。这是一条孤独的道路,我已渐入佳境,每一步伐都可以看出一生的倾圮,每一个春天都带走肉体对大地的仰慕,石头里的灵魂仍有尖锐的微光,一棵白杨树不可思议的美,令人想到我们的孤立,鸟的翅膀,花的语言,从不加入我的歌咏,我犹如羞怯的野兽,把身体悄然埋在腐烂的稻草之中。

——《爱情的深渊》

这是抵押了整个灵魂的"生命之约",只是为了"为万物守灵"。文质的诗的魅力——包括那些还在孕育着的——可能是多维的,但对于我说来,终于吸引了我的却是这一点:在受洗于"解构"的智慧后,毕竟不曾因为一时的惊羡跌入价值消解的陷阱,人和诗的趣真向度的浑然一体,绍介给世人的是又一个孔、孟、老、庄、屈、陶、李、杜的子孙。从《引向黑暗之门》《无限的循环》,到《大地的弦外之音》《生命之约》《活血》,文质的诗始终蕴蓄了诗所当有的那份贵族气,但对诗的理念的隐涵已愈来愈不再借卓峭构词的追琢。在最后一辑的一首诗里,我们已经可以读到如此明畅而韵致有加的句段:

这愚蠢的尘土,谁倾听我对虚无的抗议。这潮湿的城市,它的邪恶仍然不动声色。当我推开窗,每一片叶都像我烧红的肺，难耐啊，深夜辛劳不辍的双手，愿此刻我就能捕获生命中一息尚存的真实。我曾经问询过鸟的双翅，是什么力量使渺小的爱情逃脱了寒冬的磨难，柔和的天光，有时我也迎向在空气中成熟的一只秋天的乳房。

——《生命过半》

　　或者，这里践出的正是一条新诗当走的路，诚然它不必是唯一的一条。

　　在中国的水系中，闽江是独流入海的一支。从文质的诗里听得见闽水的呜咽，嗅得出闽土的湿热，触得到一个闽地农家子弟的朴茂的心动，这是诗人的神思与天然的闽宫的冥然的相契。但中国终究还有长江、大河。倘文脉的细缊化生果然神系于水系的百川竞汇，而文质的诗的格位尚多少有望于闽海而中国、今人而古人，那他便应再度松开灵府的拘谨，去吞吐那江淮的广漠、北国的荒廓、西域的苍凉、巴蜀的嵯峨……

　　愿诗人愈多地聚起可能并非都那么干净的柴薪，燃起诗的更纯真、更炽烈的火焰。

1996 年 12 月 18 日
于福州小柳

　　　　（张文质：《引向黑暗之门》，作家出版社 1997 年 12 月出版）

《唇舌的授权——张文质教育随笔》序

在榕城的又一个难忘的夏日,我读到文质的《唇舌的授权》。没有任何逻辑的牵挂,把散逸不羁的文字召集在一起的是生命的真切。我是把它当作"无忌"的"童言"来读的,那自主授权的唇舌连着一个初入中年的人的复归的童心。

简朴的句段透着凝重的韵律,儿童教育是作者笔触最敏感的痛点。这是中国百余年来从不曾陈旧过的话题,老话题的一再提起意味着重提者在又一次失望后的不能无所瞩望。文质对理论同心灵的可能疏离有着神经质般的警惕,他更看重心灵间的默然相契,也更情愿让陌生的直觉在相遇中相盘相诘。因此,无论是不拘情节的片段叙事,还是对所见所读的随机评点,他所经心的都多在于一种非理辩的氛围——在这氛围中,借情感的导引,启发所祈境界的觉悟。有时,也终不免愤激的,但反省中的生命的再发现,往往会是其间最动人的一笔。他告诉人们:"我看教育的三个视角:纯粹学理的;实践的;跳出圈外的。但是,当泪水遮住双眼时,什么都看不到。这时候便是默然和反躬自问。"

倘是一位诗人，你也许可以从这里读出别一种诗意；倘是一位不苟的从教者，你也许可以从这里感受得到那种为教育的深情眷注所引发的难以自已的悲剧感。文质自谓"除了是一个忧思者，我可能什么都不是"，然而，"忧思"中毕竟涵泳着一个"必要的乌托邦"。但愿心中尚未萎谢了虚灵的未来的人们，在诗意、悲情的朦胧处，也能分辨出这"朝着人性的动人处走去，朝着不断生长的'我'走去"的教育的"乌托邦"的气息。

照雅斯贝斯的说法，对于一个没有自信的时代来说，它所迫切关心的是教育。但在我看来，即使到了自信的零度依然可以有望于教育，我们正可以从教育这里获得一个不可再推宕的起点。

2000 年 8 月 8 日

于福州小柳

（《唇舌的授权——张文质教育随笔》，福建教育出版社 2001 年 5 月出版）

附　录

守住你生命的重心

——在 2011 年中国人民大学开学典礼上的致辞

2011 级同学们：

你们好！

作为一名在人大任教多年的教师，看到你们这些年轻学子的到来，我感到由衷的高兴。我以一个老教师的身份，祝贺你们考入人大，欢迎你们来人大求学、深造。

你们正当人生的最好年华，按说，一个人在最好的年华里应当留下一生中最美好的记忆。我相信你们都是值得成全的人，我也相信人大是一个能够使你们在做人、治学上获得更大程度成全的地方。我也曾年轻过，凭着从年轻到不年轻的这段人生经历，我愿在此就做人和治学冒昧地说说自己的几点感悟，以与同学们共勉。

—

一个人应当守住自己的生命重心。这重心落在身外之物上是很难守住的，只有归置在非身外之物上才真正不可摇夺。

什么叫身外之物？身外之物就是他人能给予、他人也能夺走
的东西，金钱、财物乃至职位、身份都属于这类东西。什么
是非身外之物？非身外之物就是他人不能给予也不能夺走的
东西，一个人的品德、操守及富有创造性的智慧都属于这类
东西。想想看，谁能给予、谁又能夺走文天祥、张苍水这类
人的人格、气节呢？谁能给予、谁又能夺走李白、杜甫写诗
的那份灵感呢？孟子说过："求则得之，舍则失之，是求有
益于得也，求在我者也；求之有道，得之有命，是求无益于
得也，求在外者也。"（《孟子·尽心上》）其实，"求在外者"
即身外之物，"求在我者"即非身外之物，一个人能自觉地
去求取那"求在我者"就能守住自己的生命重心。当然，对
"求在我者"的看重并不排斥对"求在外者"的追求，不过
对这"求在外者"一定要"求之有道"，不能不择手段。

二

　　一个人心中不能没有一份"虚灵的真实"。通常人们所
说的"真实"是感性的真实或可感的真实，却很少有人留意
对人说来分外重要的"虚灵的真实"。比如圆形吧，碗口、
杯口、纽扣的外形以至太阳和月亮在天幕上映出的轮廓，都
称得上圆形，这些都是可感的真实的圆形。但真正说来，所
有的可感的或感性的圆形都是有缺陷的"圆"，或者说都够
不上完满意义上的"圆"。完满的"圆"是有的，这便是几
何学意义上的"圆"，亦即一个平面上一个动点环绕一个静
点做等距离运动所留下的轨迹。几何学上的"圆"是永远

无法做出来或画出来的，因为几何学意义上的平面或点（静点、动点）在现实的时空中是永远找不到的，但它是衡量现实中的圆形圆到什么程度的唯一标准。它不是可感的，却是真实的，我称这样的真实为"虚灵的真实"。当然，几何学意义上的"圆"只是一个用例，其实任何一种美德、一种善举、一种蕴含创造性的技艺都有其极致的境地，这圆满到无以复加的程度的境地是这美德、善举、技艺的"虚灵的真实"，一个人心存"虚灵的真实"，他就会在修德、治学、创意上孜孜以求。正像几何学上的"圆"我们永远不可能达到却又能够督促我们以此为标准把"圆"画得或做得更圆些一样，美德和技艺上"虚灵的真实"之境存在于我们的心目中，能够督促我们在德行修养和技艺创新上有更大程度的提升。

三

一个人立志要有历史感。这里所说的历史感关联着一种历史意味上的评价，历史的评价标准与囿于当下种种人为因素的现实评价标准总会有或大或小的距离，只有胸中怀有历史标准的人才可能超越当下的得失与毁誉，使自己的追求与更长远的未来相接相契。一个国家只要有军队，就需要有人来做军、师、旅、团长，但做军、师、旅、团长的人未必就一定是军事家，军、师、旅、团长的任命有其现实的标准，而军事家却是依历史标准认可的。同样，官员可以是却不一定是政治家，校长可以是却不一定是教育家，教授可以是却不一定是具有创造性思维的学者，所有这些都涉及现实标准与历史标准的异同。一般说来，与历史标准相接近的现实标准具有更大的合理性，与历史标准不相符的现实标准则缺少合理性。年轻人立志要有历史感，不要为做官员而做官员，为做教授而做教授，为谋职位而谋职位，而要依历史标准让自己真正成为一个在历史认可的事业上有所寄托的人。

以上看法自然都是书生之谈，不妥之处请同学们批评，也请在座的老师和学校领导予以教正。

在孔子说了"后生可畏"的话后，这条古训一直流传至今。我愿引这条古训警示自己，也愿借这一古训规勉在座的年轻的同学们：你们只有像康德说的那样，在步入学术殿堂时先期被一种"神圣的战栗"所充塞，然后将这持续的"战栗"不间断地调整为对于学业的"庄严的注意"，你们这些"后生"才有可能让你们的前辈们在足够长的时间里感到"可畏"。

同学们，最后我要说：

作为一名教师，我在学业上期待着你们；

作为你们的一名校友，我愿为人大更令人赞叹的明天与你们携手；

作为比你们年长近半个世纪的老者，我愿为你们有更多的幸运默默祝福！

2011 年 9 月 14 日

求学当有更高远的志趣

——在 2012 年中国人民大学国学院迎新会上的致辞

2012 级同学们：

你们好！

祝贺你们考取中国人民大学，欢迎你们来人大国学院求学、深造！大约是我和我们在座的新生同学年龄差距最大，因而由此显现出的生命张力也比较典型的缘故，院里让我这样一名年逼古稀的教师在今天的迎新会上说几句话。

我想跟我们年轻的同学们说说"立志"。这话题看似容易，其实很难讲，弄不好就会变成大家都讨厌的说教。在我眼里，你们还都是些孩子。有人说对孩子们说一本正经的道理是件费力不讨好的事，只有说妖怪的故事他们才会意兴盎然。那意思不外是说，把玄奘去天竺游学取经说成有孙猴子参加进来的"西游记"，才会招孩子们的喜欢。但我今天无法把"立志"讲成降魔伏妖的故事，为了使这个话题不至于让你们觉得太乏味，我想从一个比方说起。

大家都知道一点火箭的知识，我也知道一点。据说，火箭有三级，每一级的燃料都不同，由不同燃料的燃烧所产生的推动力也不同，这不同的推动力会产生不同的飞升速度。它一级一级地燃烧，最初一级燃烧完了，会自动脱落，接着第二级开始燃烧，第二级燃烧完了又会脱落，于是第三级开始燃烧。三级火箭产生的速度被称为宇宙速度，第一宇宙速度为每秒 7.9 公里，绕着地球转的人造卫星是凭着这个速度被送上轨道的；第二宇宙速度为每秒 11.2 公里，绕着太阳转的人造行星是凭着这个速度被送上轨道的；第三宇宙速度为每秒 16.7 公里，人们凭着火箭的这个速度把飞船送出太阳系，送到另一个星系。我说以上这些，并不是要为我们在座的各位蹩脚地述说一种并不准确的科普知识，而是要借此去说学人的立志。

不必讳言，在今天的教育环境中，主导的流行观念是把考取大学视为最切要的目标的。许多家长对孩子所上小学以至幼儿园的选择，就已经寄托了孩子将来通过高考走进高校、走进名牌大学的希望。实际上，更多的学生就是背负着家长的这一希望，就是带着上大学以图在未来的社会竞争中获取某种优势这一功利动机，才有了刻苦读书、学习的动力的。对于当下教育的这种情形我不想多作评说，我只想在承认现实的前提下，对经过高考而如愿进到高校——尤其是进到名牌高校——的你们这些幸运儿做一种提醒：即便是对上面所说的高考动机作一种同情理解，我也要说，先前曾是你们的推动力的东西，现在也已经像是火箭的第一级，它所蕴藏的能量差不多释放完了，就是说，它有待脱落，以便让另一层级的东西提供新的推动力。这另一层级的东西，即是求学志向的调整，即新的学习标高或新的治学境界的确立。

在古代，在隋唐至晚清科举盛行的时期，绝大多数读书人勤苦读书的直接推动力是所谓考取"功名"，是所谓中举、中进士，中探花、榜眼、状元。唐太宗当年私幸皇宫的端门，见到新科进士鱼贯而出，竟至有"天下英雄入吾彀中矣"之叹。"彀中"，指射箭所能达到的有效射程，后来也被引申为牢笼之中、圈套之中。唐太宗是赢得了所谓"英主""圣君"美名的，单是从这位帝王喜形于色的感叹，我们也可以想见那个时代科举考试对读书人的羁縻和笼罩。不过，我要指出的是，即使是那时，真正明智的读书人是不会全然匍匐于科举制度的，他们也会参加科考，但科考并不构成他们的界限；他们在中进士而被任命为官吏后，会变换一种视野，会重新确立读书、做人的目标，因此这些人往往不会溺于官场习弊，反倒最终能成为这样或那样的被历史认可的人物。至于那些特立独行、从一开始就不为科场功名所动的人，其心胸、气度和治学的境界就更不待说了。

任何制度都不可能没有历史局限，我无意苛责已成过去的科举制度，更无意切论当前这种以高考为枢纽的教育体制。我只是要以我自己的切身体验，劝告年轻的、有着多种可能的人生选择的学子们，在你们的眼目、你们的趋尚一度被时潮引领后，你们千万不可滞留于此，你们应当从更高远的志趣那里获得读书、就学的更大动力。现在让我们再回到"火箭"这个比喻上来，它有可能为我们提供更耐人寻味的启示。我们在自我超越中不断更新志向的过程，犹如火箭多级推动力的逐级递进，火箭由逐级递进的推动力获得一种把人造天体送到某一预定轨道的速率，我们更新着的志尚则把我们引向精神宇宙的某个高度。火箭凭了它的速度使人造卫星、行星、飞船不至因为地球或太阳系的引力堕入尘埃，而这被送上轨道的人造卫星、行星、飞船却始终能够按一定运行方式同它所由发射的故土保持不离不即的张力。同样，我们高卓的志尚使我们得以自拔于尘垢，却又永远把那种不无终极依凭的现实关切投向大地般"厚德载物"的民众、父老。

古罗马哲学家卢克莱修曾说到两种存在：一是"有死的生命"，一是"不死的死亡"。人显然属于"有死的生命"的存在，对于人来说，死的阴影或正可以说增加了生的厚度。人因为有死，便有了人生意义何在的思考；有了"人生意义何在"这一对于人来说赋有终极性的思考，人也便有了"立志"的问题。作为一个已经多少眺望到自己生命大限的学人，我殷切地希望有那么一些年轻的学人，立一个大志向，把学术作为值得自己终生追求的事业，把对更高的学理的探取作为自己"可以为之而生，为之而死"的人生目标。如果有人能发愿、能立这样的大志，那么，我们民族的学术传承就不至于薪火绝传；立这样的大志的人多几个，我们民族学术振兴的希望就会多几分。今天由一个比喻说"立志"，其实只是要表达一种祈愿。然而，年轻的同学们，你们果真能明白这份祈愿的分量吗？

今天我的话就说到这里。谢谢大家！

2012 年 9 月 12 日

留住你心中的一份诗意

——在 2015 年中国人民大学国学院
硕士生、博士生毕业典礼上的致辞

各位同学、各位老师、各位来宾：

今天，对于 2015 届同学说来，是立下一块人生界碑的日子。也许很多年过去后，你们这些经过苦读而终于获得学士学位、硕士学位、博士学位的同学，仍会对今天这一刻记忆犹新。在此，我以一个曾为你们授过课的老教师的身份，对你们取得的成绩和荣誉表示真诚的祝贺，也想借这个喜庆的氛围，在你们中的相当一部分人即将离校之际，对你们说几句辞别的话。

八年前的今天，2007 年 6 月 24 日，有学生告诉我，"评师网"上一位同学为我的"《论语》研读"课写下了这样一句评语："黄克剑的心中有一首诗。"那时我不会上网，现在也不怎么会。前些天，我在网上终于找到了这句话，说心里话，我很感动。从我告别我的学生时代起，我就几乎没有得到过什么奖励了，我也从未申请过任何奖项。但一位不知名的学生所说的话，却让我有如获大奖之感。当然，那位不知名的同学也许只是随口一说，而且未必一定就是在褒勉我，因为"诗"也可以往空蒙无着处去说。但无论怎样，在我的理解中，这是一句好话。正是因为这样，我今天愿意把这句话稍做改动，作为临别赠语送给2015届的同学。这改动过的话是：留住你心中的一份诗意。

我即兴把"诗意"这个词作为我的赠语的主题词，看似不怎么经意，其实是分外郑重的。请相信，我确实是要把我心底认可的最恰当的好话送给你们。而且，我还发现，在眼下许多好话重复率很高的情况下，我送给你们的这句好话不会跟别人说的有太大的重复。下面是我对我所谓"留住你心中的一份诗意"的诠释。

首先要说明的是，把"诗意"当作赠语的主题词是我受了黑格尔一个说法的启示，尽管黑格尔并不是我所喜欢的几位西方哲学家中的一个。在我的阅读记忆中，黑格尔至少在他的《历史哲学》和《美学》中都说到了"散文"。他所谓"散文"不是就文学的一种文体而言，而是就人的生存状态缺乏诗意而言。在《历史哲学》中，黑格尔是以鄙夷的口吻品评罗马人的"精神"时说到"散文"的。他说："（罗马）'精神'的这种极度散文化，可以从伊特剌斯坎的艺术中看出来，这种艺术在技巧上虽然已经达到完善，而且忠于自然，可是它绝对没有希腊的理想性和美；同时这种散文化又可以从罗马法的展开以及罗马宗教方面看出来。"① 黑格尔是以希腊人的"理想性和美"比勘罗马人的，相对于"理想性和美"的盎然诗意，他把以功利追求为依归的罗马人在艺术、法律和宗教上体现出来的"精神"称作"散文"。在《美学》中，黑格尔以希腊神话、荷马史诗所描绘的"英雄时代"比勘他身处其中的"现代"。他认为，"英雄时代"的英雄们有着"个体的独立自足性"②，并以此批评了现代人的"散文气味"③。黑格尔是推崇希腊人所讲求的"理想性和美"的，是推崇希腊人心目中的英雄的"个体的独立自足性"的；他把缺少这些精神性状的罗马人以至"现代人"的文化称之为"散文"。我今天说"诗意"，是相对于黑格尔所谓的"散文"而言的，它的主要内涵在于理想、个性、富于创造。16 年前，我出版了我的《心蕴——一种对西方哲学的读解》一书，书的"自序"中写道："哲学并不就是理智的游戏，它借着运思的进退所透露的乃是心灵深处的蕴蓄……正像'人心皆有诗'的信念曾一直涵润着我的心中那份不忍割舍的诗意一样，我对于人心皆有哲趣的执着亦是要在这个散文的时代为自己的灵府留住一点虚灵的人生眷注。"这相对于"散文"而说的"诗意"是寓托了一种哲理的，我今天作为赠语送给 2015 届同学的

---

① ［德］黑格尔:《历史哲学》，王造时译，上海书店出版社 1999 年版，第 297 页。
② ［德］黑格尔:《美学》第一卷，朱光潜译，商务印书馆 1979 年版，第 229 页。
③ 同②，第 246 页。

所谓"留住你心中的一份诗意",其"诗意"之所指便承接着 16 年前的思路。

一、"留住你心中的一份诗意",这首先要留住的是一份"赤子之心"。"诗意"须从"真"说起,这"真"指的是那种本己的生命的真切。中国道家学说——从《老子》到《庄子》——千言万语,其"道"之所引导于人的,归结起来不外"法自然"(《老子》二十五章)、"复朴"(《老子》二十八章)、"反其真"(《庄子·秋水》),而"法自然""复朴""反其真"的最直观、最形象的另一种说法则是"复归于婴儿"(《老子》二十八章)或所谓"比于赤子"(《老子》五十五章)。与道家学说相通而异趣,儒家推尚"仁""义"却又以"乡愿"的伪善为"德之贼"(《论语·阳货》),从而申说"大人者,不失其赤子之心者也"(《孟子·离娄下》)。而身处 19 世纪下半叶的德国哲学家尼采,甚至在以"超人"的名义"重新估定一切价值"时也要从"赤子"说起。他说:"赤子是纯洁和无怀,是一个新的开始,一个游戏,一个自转的轮,一个初始的运动,一个神圣的肯定。"[①]"赤子"天真无邪而充满生命的潜力,这个"新的开始",这个"自转的轮",这个"初始的运动""神圣的肯定",不正是生命朴茂处那点元气淋漓

---

① [德]尼采:《查拉图斯特拉如是说》,楚图南译,湖南人民出版社 1987年版,第 24 页。

的诗意吗？可以说，"真"或生命的真切是人生之诗意的根，没有了这根，生命的诗意便无从说起。因此，所谓"留住你心中的一份诗意"，最要紧的即在于守住你至可宝贵的"赤子之心"。你们这些正在成长的年轻人虽然已经二十三四或二十四五岁了，但在我眼里，都还只是些孩子；比起我眼里的那些成人来，你们实在可以说是去"赤子"未远，但愿你们千万不要忽略了生命中这点极易丧失的珍藏，千万不可在追逐权势、名利一类"求在外者"的东西时遗落了这"求在我者"、贵而在己的瑰宝。

　　二、**"留住你心中的一份诗意"，就是要心存一份"虚灵的真实"**。什么是"虚灵的真实"？打个比方说，也许你们会觉得好理解些。动物只能随机感触事物的当下，而人却能从所感知的当下事物推求该事物可能达到的那种极致境地。例如，动物只能看到太阳、月亮映现在天幕上的那种轮廓，而人却能从这毕竟有缺陷的圆形推求到几何学意义上的圆；几何学意义上的圆是圆的极致或理想状态，它永远不可能在现实中画出来或造出来，但它却是现实中可能出现的圆形圆到什么程度的唯一标准，因此它可以提供一个尺度、一个理想，督促现实中的人们把圆形画得更圆些，把圆形物造得更圆些。几何学意义的圆，就其永远不落在经验现实中而言，它是"虚灵"的，但用以标示它的圆周率——一个无限不循环小数——的每一位数都不是可随意杜撰的，就此而言，它又是

"真实"不妄的，这既"真实"而又"虚灵"的情状，我称它为"虚灵的真实"。在古希腊，苏格拉底、柏拉图从人人当下可感的"美""善""大"，推绎出了引导经验的"美""善""大"却又永远不落于经验的"美本身""善本身""大本身"或"美的理念""善的理念""大的理念"，这"美的理念""善的理念""大的理念"便是"美""善""大"价值取向上的虚灵的真实。在中国先秦，贤哲们也追求"虚灵的真实"。当孟子从"恻隐之心""羞恶之心""辞让之心""是非之心"这"四端"推求"仁""义""礼""智"，并把"仁""义""礼""智"推绎到"大而化之"（《孟子·尽心下》）之境时，那"大而化之"之境的"仁""义""礼""智"即是儒家价值取向上的虚灵的真实。"虚灵的真实"渊默而富于诗意，它是照亮感性真实的价值之光，凭着这由良知点燃的价值之光，一个生命真正达于自觉的人才可能会有他的信念和理想。

三、"留住你心中的一份诗意"，还在于培壅和养润创造的灵感所由出的个性。任何真正的创造都不可能没有灵感的触动，而灵感的闪现总是无一例外地经由个性的通道。当然，我要说的不为划一的标准化绳墨所羁勒的个性并不是指世界上没有两片相同的树叶那样的差异性。这里，我们不妨以艺术品为例来阐示个性之所指。真正的艺术品都是独一无二的，又都在审美意趣上有其可普遍传达的典型性；既独一无二，又可普遍传达而能激发生命的共感，这即是个性。我希望 2015 届的同学将来都能成为有个性的个人，而不是那种在尘俗社会一体化中仅剩下自然所赋予的差异性的偶然的个人。希望各位不要让自己成为某一时尚模式的一个例证，而要把自己造就为类似艺术品那样的个性化的人。一般的艺术品的命意出自艺术家的匠心，而人这件"艺术品"最终却要靠自己去成全、自己去塑造，就是说，你这件"艺术品"的命意者只能是你自己。所有艺术品——无论是诗或其他文学作品，还是建筑、雕塑、绘画、书法、音乐——都是富于诗意的，以此相推，人这件最难命意的艺术品又怎么能没有更深刻、更隽永的诗意呢？

2015 届的同学们，"留住你心中的一份诗意"的话题说到这里，虽不能说已经"尽意"，但也应该就此打住了。不过，在我的记忆里，我为之上过"《论语》研读"课的学生中，2009 年入校的这一届同学当年对孔子学说的质疑可能更大些。今天我愿借讨论"诗意"的特殊语境解读孔子的一段话，权且作为对我的《论语》课所留下的遗憾的一点补救，也期望由此能对不少人心目中那种板起面孔说规矩话的孔子形象有所矫正。据《论语·阳货》记载，孔子曾说："古者民有三疾，今也或是之亡也。古之狂也肆，今之狂也荡；古之矜也廉，今之矜也忿戾；古之愚也直，今之愚也诈而已矣。"这意思是说：古代的人有三种毛病，在当今的人身上也许已经看不到了。古时的狂放不羁的人纵情率意，当今的狂放不羁的人

放荡妄为；古时的骄傲自负的人方正刚直，当今的骄傲自负的
人蛮横暴戾；古时的愚钝笨拙的人朴直诚实，当今的愚钝笨拙
的人大愚若智、挟私行诈。孔子说这段话是托重古人以讽劝
今人的。在孔子看来，即便是"狂"（狂放），那也要纵情率
意而不要放荡妄为；即使是"矜"（自傲），那也应方正刚直，
而不要蛮横暴戾；即使是"愚"（愚钝），那也要朴直诚实，而
不要挟私行诈。与纵情率意、方正刚直、朴直诚实关联着的
"狂""矜""愚"固然仍是瑕病，但这瑕病却未尝没有"诗意"，
未尝没有审美价值。其实，孔子的生命情调是"诗意"充盈的，
即使谈论古今人的瑕疵，也可从其言谈中窥见一斑。至于载
籍中"子在齐闻《韶》，三月不知肉味"（《论语·述而》）一
类描述，所说孔子灵府蕴蓄的诗意就更不待言了。

　　真正说来，孔子当年所批评的"今"人，对于我们今天
已是"古"人了，而我们今天的"今"人又如何呢？今日世
风高下，也许各位心中自有分晓，似已无须赘说。这里，我
只想凭着近 70 年的人生阅历，对我所托望的 2015 届的同学
们说：愿我在你们这一辈人中更少看到欺骗，更少看到伪饰，
更少看到机诈，更少看到密告！也愿你们在历经岁月的风雨
终于活到我这个年纪时，能在类似今天这样一个富于诗意或
比今天更富有诗意的场合，像我一样或者比我更好地向你们
的后辈述说——"留住你心中的一份诗意"！

2015 年 6 月 24 日

我所理解的国学

—— 在中国人民大学国学院 10 周年庆典上的演讲

很荣幸能借中国人民大学国学院建院 10 周年庆典的氛围，参与"国学研究与国学教学"的讨论。我的讲题是：我所理解的国学。

国学研究与国学教学路径的探寻，往往关涉研究者或施教者对国学的理解，但愿我下面所谈的对国学的粗浅理解与在座各位已臻深入的思考多少有所感通。

一 "生"：国学之根柢

追溯载籍或文物可考的古昔，中国人可谓自来即重"生"。这对生命的看重和对生命之秘密的寻问，是别有宗趣的中国人文意识得以发生和持存的契机所在。

迄今我们可以得到的古人重"生"的最早消息，是由殷商时期即已存在的"帝"崇拜活动所报道的。"帝"字的写法在甲骨文中大体定型（京，末），经心于卜辞考辨的学者们或以其所指为当时殷人的至上之神，或以其所指为尚未达到至上地位的诸神之一。但没有多大问题的是，即使只是把"帝"视为诸神之一，它也是诸神中愈来愈引人瞩目而对当时和后世中国人心理影响最大的一位。况且，肇始于殷商甚至更早一个时期的"帝"崇拜原是一个持续着的过程，这个由周人承其绪的过程毕竟愈到后来愈益显现出"帝"在人们心中那种非他神所可替代的至尊地位。事实上，甲骨文中的"帝"也是花蒂之"蒂"，"帝"由神化花蒂而来，而花蒂为先民所神往则在于它是植物结果、生籽以繁衍后代的生机所在。宋代史学家郑樵谈及"帝"字的构形时曾指出："帝，象华（花）蒂之形。"（郑樵：《通志略·六书略》）此后，清人吴大澂解"帝"字说：帝，"象花蒂之形……蒂落而成果，即草木之所由生，枝叶之所由发，生物之始，与天合德，故帝足以配天。"（吴大澂《字说·帝字说》）。如此由花蒂之"蒂"解"帝"，几可说是对渊源有自的"帝"崇拜这一千古之谜的道破。有趣的是，在"帝"崇拜发生的时代，"生"字业已出现。甲骨文中的"生"（Ψ）字，上半部分象草木生发之形（Ψ），下半部分则是摹地表之状的一横（一）——它表明古中国人的"生"的初始意识是萌发于草木的生殖的，而这则正可与"帝"崇拜由之衍生的花蒂的神化相互说明。

如果说"帝"崇拜是对古中国人生命崇拜意识的一种

隐喻，那么产生于殷周之际的《周易》则可视为这传承中的生命意识的一种象征。"易有太极，是生两仪，两仪生四象，四象生八卦"（《易·系辞上》），这"生"的过程是依次把"太极""两仪""四象"按"阴""阳"两种动势尽分于"二"的过程，而六十四卦是依"阴""阳"两种动势第六次尽分于"二"的结果，它象征着万事万物的"多"。比起古希腊人由万物"始基"的悬设所引出的"一是一切、一切是一"的哲学智慧来，中国的"帝"崇拜与《周易》古经对"一"和"多"关系的默示是另一种情形：在神化花蒂的"帝"崇拜之潜意识中，花蒂是"一"，由花蒂结果所生的种子是"多"；在《周易》古经中，"太极"是"一"，由"太极"依"阴""阳"两种动势所生之八卦、六十四卦是"多"。古希腊人由万物"始基"所推演的是一种宇宙构成理论，古中国人从"帝"崇拜到"生生之谓易"（《易·系辞上》）所成就的是一种有机生成观念。"天地之大德曰生"（《易·系辞下》)，《易传》的这个说法道出了中国人文意识中最深切的理致，也道出了中国人文意识中最动人的情致。

从一定意义上说，有了文（文籍）献（贤者）就有了"学"，今人所称之"国学"可以说是发轫于古人重"生"的那点灵韵的，这灵韵为后来愈益显现出其独异精神性状的中华学术文化培壅了"阴""阳"化"生"的致思根柢。

二 "道"：国学之纲维

"生"不能没有必要的环境条件，因而它首先是有待的。生命的有所待因为外部变故的难以预期、难以操控而给人以一种无常感，这使人这一唯一达到了对"生"的自觉的生灵产生了"命"意识。春秋晚期以前的中国人所顾念的"命"主要落在一种或然性或偶然性上。它为人留下了一定分寸的选择的可能，于是以占筮方式做人事决断的古代中国遂有了关系到天人之际的"史巫之学"。

不过，"生"在人这里还有另一个维度，它是相对于有待维度的无待维度。人生有待维度的问题主要是生死、利害问题，人生无待维度的问题主要是人格、品操问题；人在人格、品操上的提升对外部条件无须依赖，因而人生的这一维度无所待。与人生有待维度上的"命"意识相对应，伴随着人生无待维度的自觉，中国人开始关注人成其为人的所谓"性"。与人的"命"意识相始终的是人对死生、富贵价值的欲求，由人的"性"意识的自觉所引出的是人对自己心灵境界的看重。于是，因着对人生两个维度及这两个维度上的人生价值如何对待、如何引导的问题的提出，春秋战国之际产生了所谓"道"这一意趣隽远的运思范畴。

"道"字的异体字"行"已见于甲骨文，金文中开始有了此后常用的"道"（𧗁）字，其最初寓意是寻路或辨路而行。

寻或辨涉及行路方向的选择，所以"道"的本意当如唐人陆德明所说："'道'本亦作'导'。"（陆德明：《经典释文·尔雅音义》）清末民初以来，学者们多以宇宙本体诠释"道"，也有人以所谓规律性理解"道"，从"道"的字源到"道"在老子、孔子那里的运用看，我以为，还是把它从功能——而不是实体——意义上领悟为虚灵的"导"更妥当些。

"道"在"导"的意味上有朝向性，有实践性，所以它主要是一个与人的生命体验息息相关的实践范畴，而不可将其执着为一个思辨性的认知范畴。此外，我要指出的是，"道"在老子、孔子这里都已有了"形而上"的品格，《易·系辞上》所谓"形而上者谓之道"即是就此而言。

与老子、孔子前后古代中国人心灵眷注的焦点"由'命'而'道'"的移易相应，中国学术的主流由先前的"史巫之学"渐次转为"为道"或"致道"之学。孔子对于《易》有"吾求其德而已，吾与史巫同途而殊归者也"（《马王堆帛书·要》）之说，其实，曾为"周守藏室之史"而终于"自隐"做了"隐君子"的老子，与囿于数术的史巫们又何尝不是"同途而殊归"。老子"尊道而贵德"（《老子》五十一章），孔子"志于道，据于德，依于仁，游于艺"（《论语·述而》），皆以"道"而"道德"为其学说之要归。自此以降，先秦以至晚清的诸子百家之学几乎无不在孔、老——两汉之际佛学西来中国遂有"释"——之学所构成的运思张力的笼罩下；先秦儒家倡言"学以致其道"（《论语·子张》），其实"学"

而"致道"的旨趣在抽象的意义上又何尝不为其他诸家之学所恪守。

三 "觉"：国学之门径

随着"道"作为一个虚灵而至高的致思范畴在孔、老时代的出现，"学"之为"学"本身亦愈益臻于自觉。"学"字的雏形已见于甲骨文，但其或可能指示某种祭祀活动，或用于人名，学之为学的涵义似尚在朦胧处酝酿中。"惟殷先人，有册有典"（《尚书·周书·多士》），这"册""典"当指甲骨卜辞、刻辞的有序辑集，而卜辞、刻辞及其有序辑集即隐示着学问或学术意味上的"学"的萌朕。诚然，最早的勉可以学术视之的"学"只是史巫之学，但当着"与史巫同途而殊归"的老子、孔子扬弃数术而立"教"以称"道"，一种属意于人生意义而竟至把与人生相关的一切皆辐辏于此的学问产生了。差不多同时，"学"在被反省中有所自觉，问学的契机与途径亦开始被留意。

《说文》释"学"："学，篆文'斅'省""斅，觉悟也。"（《说文解字》卷三下）《广雅》释"学"："学，觉也。"（《广雅·释诂四》）不过，此所谓"觉"或"觉悟"绝不是离群索居者的苦思冥想所能奏效的，所以《广雅》又释"学"："学，效也。"（《广雅·释诂三》）"效"不是为效而效的那种外在模仿，而是为了"觉"，因而"效"的过程也是"觉"的过程。朱熹注《论语》"学而时习之"之"学"时就说过："学之为言效也。人性皆善，而觉有先后，后觉者必效先觉之所为，乃可以明善而复其初也。"（朱熹《四书集注·论语集注》卷一）诚然，明确以"觉"或"觉悟"释"学"是汉以降的儒者之所为，但"学"之"觉"义则早已见之于春秋战国之际的典籍。

"觉"意味着所"学"对于"学"者的心灵有所默示而对其生命有所触动，这"学"而"觉"之的祈求决定了自觉于春秋战国之际的中国人的学问的精神性状。它的重心不落于知识的记诵，也不落于概念的推理，而是在于生命的感通。"古之学者为己，今之学者为人。"（《论语·宪问》）孔子这句托重古人以强调"学"而"为己"的话是就儒学旨归于人的心灵境界的提升而言的，老子不曾有过类似的说法，但道家之学的趣致依然在于人的灵府的安顿。儒家"依于仁"，道家"法自然"，孔、老虽价值取向异趣，但都因其发于生命的价值祈求而使其学说同为"觉"或"觉悟"之学。"道"在春秋战国之际作为系着人生终极趣向的虚灵而至高远思范畴的出现，标志着中国历史文化的"轴心时代"（雅斯贝斯语）一个节点的莅临，它从大端处决定了往后的中国学术或学问——近现代人称其为"国学"——的非以逻辑思辨为能事的"觉悟"的品格。

以"生"为根柢、以"道"为纲维、以"觉"或"觉悟"为要径的国学，其研究或教学自当是生命化的。所谓"生命化"，简而言之，即是把知识的授受、智慧的开启导之于生命的点化或润泽。我曾说过："'道'只在致'道'者真切的生命祈向上呈现为一种虚灵的真实。只有诗意的眼光才能发见诗意，历史中的良知也只有当下的良知才能觉解……不论是传世文献还是出土文物，都只能活在富于生命感的阐释中，阐释者从阐释对象那里所能唤起的是阐释者自身生命里有其根芽的东西。虚灵的人文传承也许在于生命和历史的相互成全——（此即）以尽可能蕴蓄丰赡的生命由阐释历史而成全历史，（也）以阐释中被激活因而被升华的历史成全那渴望更多人文润泽的生命。"（黄克剑《由"命"而"道"——先秦诸子十讲》初版自序）我在今天这个场合重温这些话，固然主要在于自我警策，却也期待以之与眼下从事国学研究与国学教学的诸位同仁、同道同途共勉。

2015 年 10 月 16 日

学术不是其他

——在北京文化发展研究院
"思想与学术四十年"圆桌会上的发言

在为哲学服役届 40 年后，我有幸受邀参与今天的会议。对于"思想与学术"这一议题的要谛我尚不曾解悟，下面随机说出的只是自己结缘于人文学术的些许感知。

一　忧患意识与人文学术的悲剧品格

人文学术自始就富于悲剧感，潜心于窥寻人文运会之消息的学人往往更早地敏感到将然未然的人间忧患。其或可被嘲为杞人之忧的，但正是这份不绝如缕的忧患意识持续地养润了人文学术的生机、风骨和灵韵。西方人文学术的源头可回溯到苏格拉底前后的古希腊；与之相应，我们大体可以认定中国的人文学术拓辟于老子、孔子前后的先秦。学术在老子、孔子和苏格拉底这里是生命化的，他们的生命气象与他们各自所造就的学术局度的一致，再典型不过地述说着忧患意识引发的人文学术的悲剧感。

苏格拉底忧心于雅典人渐次变得"懒散、怯懦、饶舌和贪婪"，试图借着对"美本身""善本身""大本身"的悬设，使哲学承诺世人"心灵的最大程度的改善"，结果却被雅典当局以"不信神"和"蛊惑青年"的罪名处死。这位哲学烈士以其从容赴死见证了一种由哲学宣示的信仰的神圣，却也就此为哲学染上了沉郁的悲剧色调。

与苏格拉底以"美""善""大"诱导人们提升心灵境界约略相通，"学而不厌，诲人不倦"的孔子终其一生所弘敷的乃是一种以"仁"为底蕴的成德之教。的确，孔子在出仕鲁国前后及周游列国的 13 年中，一直抱有"苟有用我者，期月而已可也，三年有成"（《论语·子路》）的期待，但他始终恪守"道不同不相为谋"（《论语·卫灵公》）的信条，从未降志辱身以附媚诸侯。孔子未至于像苏格拉底那样惨烈而死，但他以"笃信好学，守死善道"（《论语·泰伯》）、"志士仁人，无求生以害仁，有杀身以成仁"（《论语·卫灵公》）所申示的信念有着同样的坚确。时人对孔子有"知其不可而为之"（《论语·宪问》）之讥，这讥讽却也正道出了孔子别一种局度的悲剧感。

比孔子年岁稍长，老子同样有其拳拳救世之心，此所谓"为天下浑心"（《老子》四十九章）——使天下人心归于浑朴。老子所言几乎处处与尘俗所持续认同的价值观念相扞格：

世人推崇"强大"，老子却说"坚强死之徒也，柔弱生之徒也……强大居下，柔弱居上"（《老子》七十六章）；世人称赏"智慧"，老子却说"大道废，安有仁义；智慧出，安有大伪"（《老子》十八章）；世人赞誉"勇敢"，老子却说"勇于敢则杀，勇于不敢则活"（《老子》七十三章）；世人热衷于争胜、称雄，老子却要人们"知其雄，守其雌"（《老子》二十八章），而晓谕世人"上善若水，水善利万物而不争……夫唯不争，故无尤"（《老子》八章）……谛辨其要旨，"强大""智慧""勇敢""争胜"等为世人持续认同的价值观念无不关联着人的意欲或欲求，而老子所要训诲于人的却在于"寡欲""不欲"而"知足""知止"。在世间一切有生的存在中，人是唯一有着未可穷尽之欲求的生灵。人的任何一次欲求的满足都会带来新的不足，新的不足必致产生新的欲求；这永在增益的欲求与永在发明着的满足欲求之手段的相互刺激，使人的贪欲加速度地膨胀。老子倡言"知足不辱，知止不殆"（《老子》四十四章），其实是对人所做的抑黜贪欲的劝诱，而在他看来，唯"法地""法天""法道""法自然"，人这一生灵方可以"长生久视"（《老子》五十九章）。然而，为利欲所诱、为功名所牵的世人是难以如老子所言"寡欲""不欲""复归于朴"（《老子》二十八章）的，单是这一点便注定了，老子忧惴于人之"益生"（《老子》五十五章）而以"法自然"之"道"导引世人必至于生发某种悲剧感。老子所谓"我愚人之心也哉……俗人昭昭，我独昏昏；俗人察察，我独闷闷"

（《老子》二十章），所谓"吾言甚易知也，甚易行也，而天下莫之能知也，莫之能行也"（《老子》七十章），便是对这煞似无奈的悲剧感的喟叹。

无论是苏格拉底哲学，还是老子、孔子之教，无不表明人文学术之根荄滋养于某种深沉的忧患意识，这忧患意识出于对族类以至整个人类之命运更长远的眷注，而此眷注为注目当下之世人所抵触则是人文学术宿命般的悲剧感之所由。然而，却又正是这宿命般的悲剧感，陶炼了以生命系于人文学术的贤哲们不亢世亦不阿时的落落风骨。

二　人生的两个维度与人文学术的终极使命

人文学术是切近人生的学问，这学问不在于更多"知识"的求取，而在于人生"觉悟"之启迪。至少，在古汉语中，"学"的本始涵义主要落在"觉"或"觉悟"上。《说文》这样释"学"："学，篆文'斅'省""斅，觉悟也。"

"觉"或"觉悟"涉及价值取向，大体说来，其显现于人生的两个维度。这两个人生维度的价值追求，倘借用孟子的话说，其一乃是"求之有道，得之有命，是求无益于得也，求在外者也"，其二则是"求则得之，舍则失之，是求有益于得也，求在我者也"（《孟子·尽心上》）。在孟子这里，所谓"求在外者"是指"死生""富贵"一类价值，对这类价值要"求之有道"，不能不择手段，但即使这样，所求未必就一定会有所得，或准确地说，"求"和"得"未必是成比例的，因为这类价值是受外部诸多偶然因素制约的，而偶然因素的制约则注定了许多情况下"求无益于得"，以至于不免使人产生"得之有命"之感。孟子所谓"求在我者"，依他的说法，即是"仁义忠信，乐善不倦"，这类价值是有求必有得，不求就会失去，"求"和"得"是成比例的，因为它不受外部条件制约。这不受外部条件制约决定了其"求有益于得"而求之在我。"求在外者"有赖于外部条件，倘转用庄子的话说，亦可谓之"有待"；"求在我者"对外部条件无所凭赖，倘转用庄子的话说，亦可谓之"无待"。因此，人生的两个维度，转用庄子的术语，遂可称为"有待"维度与"无待"维度。人生有待维度上的价值，大都可以涵盖于死生、富贵、功名、利禄；人生无待维度上的价值，则关联到人格的涵养、品操的恪守、心性的淘滤、信念的笃正。前者或至于产生"得之有命"的"命"或"命运"的问题，而后者所可能提出的问题则可一言以蔽之以心灵"境界"。

在我看来，对人生"有待"维度的"命"或"命运"的关切与窥探，当是人文学术的一重终极性使命，而对人生"无待"维度的心灵"境界"的眷注与提升则是人文学术的又一重终极性使命。

在诸多哲学史家那里，一个几成定论的说法是：前苏格拉底的希腊哲学更多地关注"自然"，从苏格拉底开始，希腊哲学的主题转向了"人"。这说法似乎并不错的，但我愿在此做如下补正：古希腊哲学之思致自始即是为人所牵动的，只是它的前期所眷注的是人自身难以主宰的"命运"，因而在人向外追问"命运"的消息时由悬设万物之"始基"而有了种种自然宇宙论的探讨，苏格拉底肇其端，哲学的慧眼投向人的"境界"，从"美""善""大"诸人生价值入手，将人的"心灵的最大程度的改善"视为哲学的本分。对于苏格拉底哲学前文已有所论，至于何以说前苏格拉底哲学的命意在于人的"命运"，我以为也许指出下面两点就足够了：（一）诚如尼采所称，前苏格拉底哲学是"悲剧时代的希腊哲学"；那个时代，三大悲剧作家埃斯库罗斯、索福克勒斯、欧里庇德斯的创作递次攀上了悲剧的巅峰，而悲剧中的主导线索则是古希腊人当时所笃信的"命运"——此"命运"用伊壁鸠鲁的话说即是"不可挽回的必然"。（二）前苏格拉底希腊哲学家阿那克西曼德曾说："万物由之产生的东西，万物消灭又复归于它（始基），这是命运规定了的。"此后又一著名哲人赫拉克利特也说："火产生了一切，一切都复归于火。一切都服从命运。"

与古希腊哲学的致思重心在苏格拉底前后历经了从"命运"到"境界"的转换约略相应，中国先秦学术眷注的焦点在老子、孔子前后发生了由"命"而"道"的变迁。这变迁的最具标志性的文献是孔、老之前的《周易》的产生与孔、老之后《易传》的出现：前者笼罩于"命"意识，由"人谋鬼谋"的占筮所询问的是关涉祸福、事功的"吉凶休咎"的消息；后者则以"天行健""地势坤"诱导人"自强不息""厚德载物"，而"自强不息""厚德载物"之旨归却在于为"道"之所导的人生"境界"。

起始于古希腊的西方学术与发祥于先秦的中国学术，其人文一脉的究竟处无不有"有待"维度的"命运"关切，亦无不有"无待"维度的"境界"眷注。此后中西学脉的生发愈来愈趋于繁细，以至于其当下因应与究竟使命间的关联愈益难以谛辨，但真正有价值的学术流派，总可以从其学理的幽微处寻索到它对人文学术的终极使命的承诺。"命运"关切使人产生忧患意识，"境界"眷注同样使人产生忧患意识，这份忧患意识难以泯除而又不可泯除，意味着人文学术的悲剧品格与其终极使命的相因相成而未可剖判。

三 人文学术的自觉与学人治学之自律

人文学术诚如前贤所言，其至可尊贵者乃是"独立之精神，自由之思想"（陈寅恪：《王观堂先生纪念碑铭》）。如果说学人得以解悟学术毕竟是学术而不是其他，如此方可称之为学术的自觉，那么人文学术之自觉的要旨便在于对这"独立之精神，自由之思想"的默证与守持。"自由"的意义原在于不牵累于他物而自己做自己的理由，因此，学人治学便当自律于其本分或天职。

多年前我曾说过，而现在依然认为：人文学术不是权力的仆役，它不能只去充当为进退中的政治提供随机理由（缘饰或辩护）的角色。它并不回避政治，但它由衷地关注或顾念政治是在它重心自在而不为权力所迫的时刻。它没有"势"，因而不可能仗"势"把一种很成问题的见解强加于人。它确信"道尊于势"，所以始终敬畏那虚灵的仰之弥高、会之弥切的人生而天地之"道"，却又因"势"审"势"从不趋附于"势"。它的正常姿态是探讨而不是颁布，是孜孜不倦与从容不迫，而不是志酬意得或奴颜婢膝。政治当然在它的视野之中，但它的视野中绝不只是政治，而且，正因为政治并不就是它所经意的一切，它反倒能够获得审视、关爱政治的更恰当的聚焦位置。倘学术与政治之间果然不再有使二者得以相互成全的那种必要的距离，则必至因着"势"的相去而愈益助长一方的颐指气使，而使另一方愈益被夺走可供灵思自由徘徊的间隙。我们中国有过丰赡而独到的学术他律于政治的经历，即使我们至今不为之汗颜，全民族也不会在这里失去记忆。人文学术即使不用顾及自身的荣辱而只是为了不至于宠坏逞意的权力，也应挺起它自律的胸膛。

政治的职志在于诉诸法律、制度及种种权力设施为所治社会守持一种公正原则，因此它所体现的价值便应当并且只能是"正义"。"公正""正义"的价值是人生其他任何价值不能替代而其他任何"有待"性价值的实现都不能不赖其作外在保障的价值。一如"公正"或"正义"的价值毕竟不能替代"卫生"或"健康"的价值，因而政治不能替代或直接干预医学；"公正"或"正义"的价值亦当不能替代"善"和"美"的价值，因而它也不能替代或直接干预人的切己的道德反省和文学艺术的创作、欣赏活动。诸多社会文化领域所以对人说来有价值，是因着它们各自实现着人生某一维度的价值，政治对各个社会文化领域的"正"而"治"之，仅仅在于以一种公正的秩序成全它们各自所取的价值向度，却没有权利以指使者的身份要求它们听命于自己。人文学术的慧眼从人生价值祈向的终极处反观现实，它为政治、经济、伦理、道德、宗教、艺术诸社会文化领域厘定各自的价值分际，也由此提示诸领域依其价值宗趣各守其分而各尽其职。除开厘定和提示诸领域当有的价值趣求外，学术显然别无所图，因此它全然不必依附于为它所反省和检讨的任何一个领域。人文学术是由心灵深处的无尽疑问培壅的，是志忑人生的最敏感的神经，它不为权势或一偏之好所驱策，而以唤起人生之自觉——因而以人类之命运或人生之境界的探求为其最高问题——赋有其自律的品格。

人文学术并不信恃切实探索之外的任何他在的权威；它的信念确立于对人生之真际的悉心研寻，而无底止的研寻又总在不断贞定中的人生信念的导引下。莱辛说过，"即使上帝把真理给了我，我也会谢绝这份礼物，而宁可自己费力去把它找出来。"他是在述说一个真诚的学人的心志，却也就此道出了人文学术那种发之于根柢的自恃与自信。

四 人文学术的两个裁判

毋庸讳言，在时行的学术评价体制下，为种种课题资助评审及名目繁多的评奖活动所引领的人文学术正愈益被导向功利化。17 年前，我曾在一篇短文中写道："从纯粹政治或经济的眼光看，学术或只是为政治功利或经济功利服务的手段；学术的手段化往往也是学术的仆役化，仆役化了的学术一如仆役化了的文学、艺术，失了自身价值的主位性也便不再有独立的生长点。不能指望没有独立生长点的人文学术能保持其原创性，更不能指望缺了原创性的人文学术能有反省民族文化乃至人类文化得失的那种自觉，及这种自觉反省所必要的灵思的深度。"同时，我也指出："人文学术的尊严是一个民族的最后的体面，任何'权'的尊严或'钱'的尊严倘把威棱逼向虚灵的学术，它所剥夺或亵渎的终会是自身的尊严。"这些话当然是就时下的学术评价对人文学术的功利诱导而言的，虽则语近激切，但从 17 年来人文学术所趋之情势看，却也并非虚罔之词。

显然，我辈学人无从改变既成体制的学术评价方式。况且径直检讨其得失，反倒会引出诸多节外生枝的论争。这里，我仅从学人如何自律其身的角度说点看法，以与前此所谓人文学术的悲剧品格、终极使命及治学之自律相应和。

在我看来，人文学术有其更可靠的裁判，这裁判可以找

到两位：一位是良知，一位是历史。良知呈现于人的扪心自
问，是每个人得以驱散心头种种昏昧的内在之光。中国古人
将它称作人把自己与禽兽区别开来的那点本心之明或所谓
"明德"。《大学》开篇即说"明明德"，那意思是说要让人心
中本来就有的那点"明德"明朗起来，呈现出来。良知难以
言喻，对于良知被遮蔽的人说来它杳然不见踪迹，但对于常
能反躬自省的人说来，它无时不在方寸之地。有了良知这个
裁判，学人治学就会心有存主、重心自在，就不至于左顾右
盼于外在的功利。

　　良知是用以自我裁量的，愈是谨于自审的人，良知对于
他愈有尊严而他亦更愿听其所命。但对于疏于自省以致本心
之明罕能呈露的人说来，良知或只是一个赘词。当这位裁判
时常缺席时，则须得唤出另一位裁判——历史。历史渊默而
严厉，从不会枉屈，也绝不会苟且；它借着绵延之世事流变
的淘漉，剔除那些一次次影响乃至左右学术风气的势利因素，
为学术评价提撕某种"公意"。"公意"并不就是为一时一地
之偶然情势所囿的那种多数人同意的"众意"，它在随着范
域扩大和时间推移的评价过程中，由经验的评价主体间的相
互制约、矫正和启示而获得其现实性。提撕"公意"的历史
裁判警诫人，也激励人，它是学人至可敬畏、至可凭信的告
诫者和劝勉者。就历史这个裁判对人的激励、劝勉而言，心
中有了它，你就可能做到"富贵不能淫，贫贱不能移，威武
不能屈"；就历史这个裁判对人的警示、告诫而言，心中有了

它，你就会在学术的路上走得战战兢兢、如履薄冰，将自己流于笔端的文字衡之于虚灵之"公意"而慎之又慎。

最后，我愿引述前不久所写的一段随笔性文字，以结束这个已经有嫌冗长的发言。这段文字是：

司马迁曾以其所托志之《史记》称述历史上那些"倜傥非常之人"，他说："盖文王拘而演《周易》；仲尼厄而作《春秋》；屈原放逐，乃赋《离骚》；左丘失明，厥有《国语》；孙子膑脚，《兵法》修列；不韦迁蜀，世传《吕览》；韩非囚秦，《说难》《孤愤》；《诗》三百篇，大抵贤圣发愤之所为作也。"其所述《周易》《春秋》《离骚》《国语》《兵法》《吕览》《说难》《孤愤》及《诗》三百篇等，所以得发愤以作，皆可寻究于著述者的心灵境界，亦皆可从中体味出这些著述者借"述往事"以"思来者"的那种对历史之"公意"的属望。

前有古人示其范，愿今之学者步其足迹奋勉以进。

2017 年 11 月 26 日

学·思·灵感

——在中国人民大学国学院第 13 届"学术活动季"总结会上的发言

各位同学、各位老师：

在又一个"学术活动季"告竟时，我想借着对这次活动的总结，就"学·思·灵感"这一话题说说人文学科中的研究性思维的培养。近年来，从学校到社会流行一个词语，这词语叫"学霸"。"学霸"一语在明末凌濛初编撰的说唱艺人话本集中出现过，《二刻拍案惊奇》所辑第四个故事里就有这样的话："其时属下有个学霸廪生，姓张名寅。"关于这位学霸的故事今天无法铺展开讲，但有一点可以肯定，"学霸"在这里是个贬义词，它用来指称学界的恶棍。在我阅读的视野中，这个词除开话本类古代通俗读物偶尔使用外，其他从先秦到民国以至 20 世纪 90 年代的典籍似乎皆未见用。而且有趣的是，当"学霸"在近些年作为一个网络词语出现时，它成了一个褒义词，被用来指称学生课业考试——尤其是高考——中的成绩卓异者。这里，我要提请注意的是，时下课业考试所引导学生的主要是一种记诵式思维。因此，"学霸"一语在今日网络语境下被赋予褒义，或正意味着"学"在时下愈益被炫耀于外的势、利追求所裹挟，而与之相伴的则是"学"之蕴意由觉解向着记诵的愈益滑落。我今天要说的话就从这里说起，先追溯"学"之本来，再分辨记诵之思与研究之思，最后由研究之"思"说到"灵感"。

一 "学"在古汉语语境中的主导涵义为"觉"或"觉悟"

"学"字的雏形已见于甲骨文，其或用以指示某种祭祀活动，或用于人名，而更深长的意味还在酝酿中。《尚书·多士》有载："惟殷先人，有册有典。"这"册""典"是指甲骨卜辞、刻辞的有序辑集，它隐示着学术或学问意义上的"学"的发生。这最早的学术或学问，可较准确地称之为"史巫之学"。其后，"与史巫同途而殊归"而辐辏于"道"的学问产生了，"学"在这样的语境下开始有了"觉"或"觉悟"的涵义。《说文·教部》解"学"称："学，篆文'斆'省""斆，觉悟也。"《白虎通义·辟雍》也称"学之为言觉也，以觉悟所不知也"。他如《广雅》《广韵》，也皆以"觉"或"觉悟"释"学"。《广雅》又释"学"为"效"（效法或仿效），但仍以"觉"为归着。朱熹《四书集注》注"学"就说过："学之为言效也。人性皆善，而觉有先后，后觉者必效先觉之所为，乃可以明善而复其初也。"

"觉"意味着所学对于学者有所启示而对其生命有所触动，这"学"而"觉"之的重心不在于知识的记诵，也不在于概念的推理。"觉"的内涵约略有二：一为人生境界上的醒悟，一为对某种微妙理致的觉解。孔子所谓"古之学者为己"的那种"为己之学"，其"学"而"觉"之的意味主要落在人生境界的觉悟上，而所谓"学而时习之"的"学"而"觉"之的意味则主要强调对于所学典籍的解悟。其实，"学"的这两种"觉"义是密不可分的，在孔子这里，由对典籍的解悟所学得的道理终是用在学者自己的身上的。这样的以"觉"为要义的"学"与"霸"了无干系，试想，有哪位严于律己的心性修养者或对某种深微理致有所领略的觉悟者会"霸"气十足或被人谓之以"霸"呢？

只有那种将其所学炫耀于人的人——孔子所谓"今之学者为人"的人——才可能示人以"霸"，这样的炫人之学必于功利有所图而被功利场以"霸"叹赏。一般说来，以觉悟为鹄之学是不求量化也无从量化的，凡求量化而恃量与他人攀比之学往往把学降格为名利的工具。随着"学"之"觉"义——心灵觉悟或理致觉解——在当下课业学习和考试中的淡漠，"学"更大程度地偏重于知识的记诵，与这种"学"配称的"思"也相应而为记诵之思或记认之思。

二　记诵式思维与研究性思维

记诵式思维是相对被动的一种思维。所谓相对被动，是说记诵也需要对记诵对象有一定程度的理解或对其作相应深度的诠释，而理解和诠释便有理解和诠释者参与的一份主动。但总的说来，记诵式思维是被动于记诵对象的。为了便于记诵，记诵者会按自己的方式把要记诵的东西条理化，所以记诵式思维往往显得条理性强、可操作性强。两相比勘，研究性思维可以说是相对主动的一种思维。其最重要的特征在于创意的提出，在于有确然依据的立论的新颖。它或借着对某一暂被认可的论点的突破或扬弃以运作，或全然自出机杼提出一种前贤尚未虑及的见解。相对于记诵式思维，重创意的研究性思维的可操作性不强，因而难度要大得多。研究性思维是富于诗意的，正像记诵若干首诗或了解若干关于诗的知识，大体说来总比创作一首诗要来得容易些。

在目前的学制下，从入读小学到初中、高中以至大学本科三年级，多数学生所开发和运用的思维是记诵式思维，只有个别学生由作文训练或业余写作与研究性思维相遇。到大学四年级要写学士学位论文了，学生中的多数人才开始接触研究性思维。这像是突然碰到了一个须得跨越的坎，有的学生跨过去了，有的学生跨得很勉强，有的学生并没有跨过去。尽管绝大多数人甚至一个年级的所有人都写出了学位论文，并获得了学士学位，但只要严格、认真地审阅一下论文就会发现，有些论文是谈不上研究性思维的。有不少人即使做了硕士研究生，也还较大程度地滞留于记诵式思维，有的学生甚至到写博士论文了，仍然与研究性思维无缘。从读书的角度看，没有超出记诵式思维的人，其所读的书大都局限于种种教科书与社会上流行的一般读物，而研究性思维的培养是须得带着寻找范本的目的阅读相当数量的专业原典书的。

记诵式思维会相伴人的一生，但获取或体验过研究性思维的人并不多。可以说，人人都赋有研究性思维的潜质，然而把潜在可能终于变为运作现实者却少之又少。对于多数人说来，研究性思维的获得是需要引导的，这引导主要是一种范本引导。较早地阅读专业领域可作范本的著述当是启迪研究性思维的切实途径，诱导学生较主动地步入这条途径是教师的职责所在。

三　研究性思维中的灵感的捕捉

研究性思维涉及所谓灵感，灵感的闪现往往会照亮运思中某种不期而遇的幽微之境。人们常把灵感与天才联系在一起，其实，即使是天才，灵感也不就是他的一探即得的囊中之物。然而即便不是天才，灵感亦未必与之无缘。一个矢志于学术的人，不必思虑自己是否是天才，而只需确信"天生我材必有用"，确信自己的禀赋中一定有某种独异而具有个性的东西。此外，他也应以足够的耐心捕捉那不期而至的灵感。对灵感的捕捉自是不可刻意而为，但也未尝全然无意。《世说新语》载，庾子嵩作《意赋》自称其"在有意无意之间"——这"有意无意之间"，正可以转用来述说灵感捕捉当有的那种情境。

正像黑格尔所说，感官刺激并不能激发灵感。他以法国作家马蒙特尔曾经有过的体验为例，告诫人们："香槟酒产生不出诗来。"但杜甫作了《饮中八仙歌》，把八位著名诗人与酒的缘分写了出来，其中最脍炙人口的句子便是"李白一斗诗百篇，长安市上酒家眠"。诗人与哲学家的说法似乎有抵牾。然而，仔细想来，他们说的可能都有道理。李白有诗云："我醉君复乐，陶然共忘机。"他用"忘机"——忘却尘累中的机巧之心——说出了他的诗兴的秘密。这即是说，诗兴之来须得借助酒兴松开种种世俗考虑的框束。但是，松开世俗框束后的宣泄也可能只是浑无伦次的痴狂之语。世上好酒者不可胜数，借酒放诞者也大有人在，而酒徒自是酒徒，李白却是李白。可见，从积极意味上说，诗境的灵感并不来自酒醪的浇灌。当然，感官刺激所不能做到的，意志与理智也未必能做到。无论一个人的意志多么坚确或果决，都无从调动不为意力所迫的灵感；同样，娴熟运用逻辑的理智对于灵感亦绝难予以推绎。

不过，灵感看似神秘，却常常眷顾那些心思挚切而神情专注的人。勤奋与灵感之间没有可供换算的当量，但懒于运思者永远无从与灵感相遇。对于一个勤于探索以至锲而不舍的人说来，长时间地沉潜于某个论题可能最有机缘邂逅灵感。这里，重要的在于两点，一是可供师法的经典范本的着意研读，一是选定论题后的忘我沉潜。扬弃——而不是抛弃——记诵式思维以进于研究性思维须得范本引导，在研究性思维中孕养灵感同样须得范本引导。至于"忘我沉潜"，则关键在于"忘我"之"忘"，当你在既定论题的玩味中果然神思专注到"忘"却所思以外的一切，以至于连同运思行为本身也"忘"却时，灵感可能会悄然而至。"范本研读"与"忘我沉潜"对于灵感的不期而遇缺一不可，有前者而无后者那叫"学而不思则罔"，有后者而无前者则正可谓"思而不学则殆"。

灵感是一位娇客，过于殷切的期盼反倒会惊扰了它。这位娇客喜爱勤勉、纯真的人，它在你脱开了种种外在的牵累而至于遗形出神的瞬间，会为你投出一线之光，照亮先前还是你的盲点的某个神思的异国，拓展你的心灵世界的版图。在此愿同学们切记：勤勉、笃实的人是有幸的，在你的诸多祝福者中会有一位叫灵感。

谢谢诸位！

2019 年 6 月 19 日